From Interest to Taste

以文藝入魂

Fix

臥斧

這個故事

2

有問題

目次

每
個
人
都
知
道

01

每個人都知道那骰子灌鉛作弊，
每個人都仍交叉手指祈運拋擲。

〈Everybody Knows〉
Leonard Cohen

Everybody Knows

「把拔會給馬麻吃雞雞嗎？」

「什麼？」

默默今年七歲，圓圓的臉蛋時常帶著笑，是個會讓每個大人都忍不住想捏捏臉頰的可愛女孩，不僅家中父母長輩很疼她，連所有進出祖父家的客人都喜歡她——默默的祖父是地方上有名的老字號商家，已經連任四屆里長，家裡成天都有各界人士造訪，客廳茶几上的茶水幾乎沒有涼過；有時默默的父母工作太忙，就會暫時將默默託給祖父照顧，而祖父總是歡迎，說家裡多個孩子，就像多添了點光亮。

與同齡孩子相較，默默相當安靜，要她坐著就會一直乖乖坐好，不會到處亂碰亂跑；母親知道這會讓默默顯得乖巧、討人歡心，但這也一直是母親的擔憂，因為默默的智能發展遲緩，醫生評估大約只有三到四歲孩童的程度——母親認為默默表現出來的乖巧，主因並非個性嫻靜，而是智能不足，那種成年人說什麼都溫順照做的態度，在險惡世道裡絕對不是什麼好事。

不過目前默默在學校的表現不差，生活環境裡也沒遇上惡意歧視，家庭出遊時默默在國外玩過主題樂園、看過雪，旅途中從沒發生過麻煩。母親明白這來自全家成員的努力與很多好運，心裡總是一面要自己別太緊張、默默的人生一定能夠順利開展，一面祈願好運能夠持續下去。

畢竟，看著默默的笑臉，誰會不相信這女孩值得一個美好的未來呢？母親每天和丈夫一起去接默默下課、母女相偎在後座一起分食小點心的時候，心裡都會這麼想。

去年出國賞雪時，默默早起從窗口看見旅店員工正在清理簷邊倒懸的錐形冰柱，好奇地問，「那個好漂亮，為什麼要弄掉？」

母親回答，「因為怕它掉下來呀。」

「怕它掉下來刺到人家的頭嗎？」

「對呀。」

默默今天坐在後座一面吃點心一面脫口而出的這個問句，就像冰柱一樣直直地刺進母親腦中。母親覺得後背一陣寒意竄起，顱腔內警鈴大作。

「雞雞？什麼雞雞？」母親厲聲詢問，默默垂下眼睛、縮起脖子，露出做錯事受到責備的標準表情；這樣不行，母親做了個深呼吸，放緩語氣，「告訴馬麻，為什麼問這個？有人問妳嗎？還是說，有人給妳吃雞雞嗎？」

反覆換了幾個問法，母親從默默的片段回應裡拼湊出令自己頭皮發麻的答案：默默說，有人「把雞雞塞到我嘴裡」，那是一個「像把拔那樣的人」。

這是真的嗎？母親在心裡強迫自己冷靜，快速地與丈夫交換意見。默默的表達能力不好，但不會說謊，所以必須查清楚默默講的是什麼事，而這事很可能不是什麼好事。

丈夫轉動方向盤，朝醫院駛去。

醫生認為默默的外陰部略有紅腫，但沒有異狀，「小孩子好動，這很正常。」

「但我家孩子不好動，」母親強調，「你看這有沒有可能……是，那個……」

醫生聽出言外之意，表情嚴肅起來，「不好說。當然不是完全不可能，但目前的檢查看不出有妳擔心的情況。」

母親不放心，又找了兩家婦產科，第三個醫生給了比較肯定的判斷，「的確可能是外物入侵引起的。」

隔天母親向公司請假，帶著默默到學校去拜訪默默的導師。

導師認真地聽完母親的說明，沉吟了會兒，「這很嚴重，我會查查。」

「妳覺得學校裡的男老師會做這種事嗎？」母親問。

「我覺得默默應該沒和幾個男老師說過話，除了……」導師想了想，點開電腦螢幕，找出一張全校男老師的合照，招手對默默道，「默默來，妳說的是這裡面的哪個人？」

默默茫然地看著導師，母親在旁引導，「指出來呀，妳認識吧？」

導師放大照片，移動滑鼠，讓默默看清每個老師的長相。一名年輕男老師的燦爛笑臉出現時，默默眼睛亮了起來，指向螢幕；導師一起指著那張臉，「就是這個人？」

默默點點頭。

導師抬頭，對母親肯定地頷首，「我剛想到的就是他。」

金老師。學校裡的輔導老師。一個月前，曾經與默默進行一對一的個別輔導。

母親找了社工，一起到警局報案。社工準備了特意把性器官設計得明顯的偵訊娃娃，在女性員警詢問時協助默默一點一點地重建事發經過。

一個月前，金老師趁輔導默默的時候，在兩人獨處的輔導教室裡，用毛巾矇住默默的雙眼，強迫默默口交。

「你這篇小說有問題。」

「啊？」

他寫的小說〈每個人都知道〉從小女孩默默對母親說的一句話開始，帶出一樁輔導老師性侵弱智女童的案件；他每寫完一個段落，就在社群平臺上面發表，目前已進行到輔導老師金老師被默默指認出來後接受調查、大聲喊冤但無法抵擋種種證據、開始接受審判的階段。

雖然他對自己的文筆頗有自信，覺得如果開始寫小說肯定比國內大多數所謂的「小說家」都強，可是第一次真的試著動筆，才發現這事沒有想像中簡單。不過他的自信倒也不是全無來由，他從小到大的作文成績都很優秀，國內外的文學獎作品也讀過不少，付錢買了個教授小說技法的線上課程、搞清楚該做哪些設定，起了頭之後就愈寫愈順。

寫小說這事挺有趣的，明明全是自己想像出來的角色和情節，但寫著寫著，他查覺自己還真的愈來愈關心那些角色：他佩服默默母親的機警、心疼她的付出和辛苦，對被自己設計成受害者的默默感到抱歉，對筆下的金老師恨之入骨——這個角色原型來自他現實生活裡的一個傢伙，每回見到那傢伙笑出一口白牙，他就心裡有氣。

難怪那麼多文學名家談起筆下角色都好像說到他們在現實中認識的朋友一樣；他心忖：沒想到寫小說這麼奇妙。

更奇妙的是看到網友們的留言。

〈每個人都知道〉剛開始發表時沒什麼人看，但現在每回張貼新進度，都會快速換來兩、三百人按讚、十幾二十個分享；他知道這個數字比不上那些在社群平臺上一呼百諾的網美網紅們——他們就算發一篇去某家咖啡店喝咖啡、連口味如何都講不清楚的無聊文字，加上一張支著下巴歪頭眨眼套用濾鏡或拿著咖啡杯凝望遠方兩眼放空的照片，都會有成千上萬的白癡在底下豎起大姆指或冒愛心泡泡，留下一堆「美呆了！」「帥爆！」「女神仙氣逼人！」「好想當那杯咖啡！」「已變愛！」之類和貼文一樣蠢的回應——但是來讀〈每個人都知道〉的網友回應都很認真，完全不是同一個水準。

而且許多網友和他一樣，把角色們當成真實人物，有些大罵金老師，說這種人抓到就該處死，或者至少該剁掉生殖器，有些指出像默默這樣的弱勢兒童政府應該要特別照護；也有比較實際的網友，有些分享統計數據，指出國內各種性侵案件的處理狀況並不符合社會期待，也有些稱讚他選擇了這個可以讓更多人關注性侵議題的題材，鼓勵他繼續寫下去，讓性侵犯受到應有的懲罰。

他的確在乎這個議題、希望能有更多人一起關心，也的確打算認真把小說寫完。不過，讓他起心動念寫〈每個人都知道〉的主要原因，其實是學姐。

學姐和他早早就在社群平臺上把對方加為好友，但學姐似乎一直不怎麼理會他的發文，不管他發表的是日常閱聽感想還是分享迷因哏圖，學姐都鮮少出現在按讚名單當中，也從沒留言回應。

創作〈每個人都知道〉的初衷，是想吸引學姐注意力。是故，雖然他從網友的迴響當中獲得極大的成就感，但當學姐主動約他、說要和他談談〈每個人都知道〉時，他的心裡還是發出「終於成功了！」的吶喊。

就算學姐約他喝咖啡的地方不是什麼有品味的名店而是便利商店的飲食區，就算捧在手裡的咖啡不是什麼日曬水洗耶加雪菲而是五十元熱美式，也沒什麼關係。坐在學姐對面，他勉力壓抑自己等著被誇獎的愉悅心情，深怕自己忘了聽到讚美之後該講哪些先前練習過的謙遜字句。

可是他沒想過學姐一開口就說，「你這篇小說有問題。」

他可沒準備過這句話該怎麼回應。

約莫是他張口結舌的表情太僵，學姐趕忙道歉，「對不起，我說得太直接；我平常和作者討論小說不會這樣的，大概是被朋友傳染了壞習慣，我有個朋友總是這麼說話。」

「呃，不是，學姐講得不會太直接……」學姐講得當然不會太直接啦，學姐的聲音那麼好聽、語調那麼溫柔，講什麼都好呀；不對，他回過神來，「是那個，有問題嗎？」

「嗯。」學姐點點頭，「我前陣子才看到你發表的新進度，然後回頭從一開始讀起，讀到最新的發展，覺得愈來愈不對勁，心想應該找你聊聊。照你這個寫法，加害者就是金老師，對吧？」

「對。」

「那就是真的有問題。我這算職業病了，不過我也知道有些作者不喜歡編輯對作品發表意見，所以剛才不該直接那樣說，應該先問問你想不想聽聽我的看法。」

「想。」

「好，那要有心理準備喔。」學姐笑了，他覺得心被融掉一半，另一半則緊緊揪著——金老師是犯人有什麼問題？不對，「心理準備」？為什麼這話聽起來好像小說問題很多？不會吧？「文字的使用方式或許需要調整，不過這個問題不大，真正的問題出在情節，而且愈往後發展，問題就愈多。」

「那……」他試著讓語氣保持正常，「是哪段情節有問題？」

「從導師認為是金老師開始。」

學姐和他同系，但他在學校沒見過學姐——學姐大他好幾屆，他入學的時候，學姐早就畢業了。

校方規定的研修內容當中，有個零學分但必修的項目，叫「服務學習」，其中有三種選項，一是校內各系所開放的名額，二是與校內各個社團相關的事務，三是校方行政中心與校外不同團體合作的志工工作。他認為選項一就是替各個系所辦公室打雜跑腿，選項二就是在各個社團和不同行政單位之間打雜跑腿，到選項三裡列出來的團體當志工，要做的大概仍然是打雜跑腿，不過好歹不需要被圈在學校裡。

他在行政中心條列出來的名單裡隨便選了一個非營利機構，沒太在意該機構是在做什麼的——反正是打雜跑腿，不會有機會真正參與重要運作，那機構是做什麼的有什麼分別？

結果當志工的經驗出乎意料。

打雜跑腿當然還是有的——但這個機構裡每個成員雖然各有職銜和主要職務，可是也都常自願打雜跑腿，沒什麼上司下屬的分別。這個機構聚焦兒童福利相關議題，尤其在意校園內的性侵事例，無論是發生在學生之間，牽涉暴力、毒品或幫派的案件，還是發生在師生之間，牽涉誘騙與權勢傾壓、而且極易被校方想要息事寧人、盡力掩飾的事件。

他要做的事情包括檔案的分類，資料的整理，以及幫忙想些容易在社群平臺上引發討論的標語——「年輕人比較知道怎麼在網路上溝通」，機構執行長總是這麼說，即使他過去在社群平臺上的發言其實沒什麼人注意，但因為年輕，彷彿就能擁有這種能力。

出乎意料的不只是工作內容。

他原初並不在意兒少福利相關議題，但協助整理了愈多資料、瀏覽了愈多案例，就愈認為這個題目應當關注。

而且他在機構裡認識了學姐。

學姐是一家出版社的主編，一週只能抽出一、兩個晚上到機構當義工——學姐曾對他說，升任主編之後變忙了，能幫忙的時間少了許多；他一面說學姐得上班還能來當義工已經很厲害了，一面讓自己盡量在機構待得久一點，這樣可以多做點事，也可以更有機會和學姐一起待在辦公室，就算超過學校規定的時數也無所謂。

發現學姐畢業於他就讀的系所之後，他就一直以「學姐」稱呼；他覺得這樣可以拉近彼此距離，好像兩人不是生活場域相差甚遠的上班族和學生，而是常會見面的同校學姐學弟。他不知道這個稱謂對學姐而言有沒有相同的意義，只知道學姐還是把他當成小鬼，倒不是交談相處時學姐顯出什麼高高在上的距離感，而是每回他對某些事情發表意見時，都覺得學姐的眼神寫著「你還沒長大」。

那個眼神讓他沒法子鼓起勇氣再進一步。

有次他和同系的朋友提起自己的苦惱。

「哇靠，」朋友笑道，「叫你服務學習，結果你變成戀愛學習喔？而且好像拿不到這個學分。」

「服務學習本來就零學分啦。」他沒好氣地回答。

「不過……畢業很久的學姐耶？」朋友揶揄，「想打高射炮？她年紀很大了吧？」

「什麼炮？我是很認真想追她，年齡不是問題啦。」他鼻孔噴氣，「我想學姐應該沒有男朋友，但是機構裡有個男的和她走得很近，搞不好也對她有意思，我很急啊。」

「唉呀，不但有年齡拉開的差距，目標還有護衛，」朋友繼續嘻皮笑臉，「這炮我看打不出去了，自己清一清，不然會膛炸哦。」

「你不幫忙出主意至少也該安慰我，連安慰都辦不到就閉嘴啦！」他生氣了。

「別動氣，」朋友收起嘻笑，「主意當然有，而且一定會成功。」

「真的假的？」

「你不知道怎麼再進一步，那就不要朝這方向進攻，換個方式，做點什麼吸引她的注意、讓她好奇，她就會主動問你，屆時再一步步拉近距離就好啦。」

「做點什麼？」

「你不是常常在網路上發表評論嗎？講那些文學作品如何如何之類的，也說過自己如果寫小說，絕對不比那些人差，對吧？」朋友道。

「所以我該寫小說？」他皺眉，「你要我投稿給她的出版社嗎？」

「不是啦，剛不是說要她主動問你嗎？你很笨耶！」朋友翻了個白眼，「你挑個她關心的題目，寫成小說，不要投稿，公開發表；既然你認為自己很能寫，那就會有很多人來看，而且又是她關心的題目，她就一定會注意嘛！等她主動問你了，你們可以討論小說內容，她會發現你文筆又好、對那個題目又很瞭解，就會開始對你敞開心房，不知不覺握住你的手……」

他沒理會朋友後續的想像，因為他突然發覺「寫小說」確實是個好主意——他可以用自己在機構裡讀過的案例為基礎，寫一篇關於兒童性侵案件的小說，發表在社群平臺上，不但可以讓更多人正視這個議題，也真的有機會讓學姐發現他對這個議題的深入理解以及寫作才華。學姐是編輯，關於寫作，一定有很多東西可以談，不愁沒有聊天的材料。

啊，他腦中亮出另一個好點子：我還可以把那個情敵寫成故事裡的壞蛋，讚！

從導師認為是金老師開始？那不就大半篇故事的情節都有問題了嗎？我都已經寫到金老師受審、故事快結束了啊！等等，還不只這個：「學姐，」他問，「為什麼妳說『文字使用方式需要調整』？我寫了很多錯字還是用錯成語嗎？」

「沒看到什麼錯字，也沒用錯成語——不過用太多成語了。」學姐道，「你從前的作文成績應該很不錯吧？」

「對。」

「當了編輯才明白我們過去的作文教育有什麼不對，我不知道現在有沒有改進一點，不過你的文字使用讀起來很像從前為了在作文拿高分會採取的寫法。」學姐喝了口咖啡，「作文應該是要訓練大家如何用文字精準地表達自己的想法，但考試時常把會置入成語或引經據典當成加分條件。成語和用典都沒什麼不好，只是它們不見得能夠妥善貼合每個人想傳達的意思，讀者閱讀之後想到的畫面可能和作者原來想描述的相差甚遠。例如用『摩肩擦踵』形容人群擁擠是沒問題的，但如果你想很準確地讓讀者感受到擁擠，比較好的方式是用更具體的描述，是像過年搶頭香那樣？還是聽偶像團體演唱會那樣？或者舉出實例，稍微誇張點也沒關係，例如說『走完整條美食街我都沒有聞到食物的香味，因為塞滿了人，我被人潮推著前進，鼻子一直壓在前面那人的背上，除了他的汗臭之外我什麼都聞不到』——你會發現，這的確就是『摩肩擦踵』，但用這種直白的方式寫，更能把讀者帶入你設計的情境。」

「對。」他想不出任何反駁。

「另一個文字使用的問題是對白。」學姐續道，「默默說話的時候，你會注意用『把拔』、『馬麻』之類的詞，但其他成人角色說話的語調都一樣，沒有區別。對白會顯露出角色的個性、職業、教育背景和生活環境等等設定，反過來說，你的這些設定有一部分可以透過對白傳達給讀者，角色對白沒有區別就不大好。這沒有捷徑可走，平常得多觀察每個人說話的方式，寫的時候也得時時記著自己替角色做的設定。」

「好。」他低下頭。這是學姐口中「問題不大」的部分？聽起來問題很大啊！

「別太沮喪，」學姐安慰，「你的小說也有我很喜歡的地方。例如你選擇一個智能發展遲緩的女孩當受害者，這很大膽。性侵案件的現場常常只有當事人，加害者和受害者會各執一詞，難以求證，而你的受害者在陳述狀況時會有阻礙，對於發展情節而言很有挑戰性。」

他在心裡苦笑。因為學姐認同的這個設定不完全是他想出來的，而是那個線上課程建議的。

自認文筆好和真正寫小說是兩回事，縱使知道自己想寫什麼題目，他也不知道該從哪裡下筆——不提像《百年孤寂》那種諾貝爾獎等級的偉大開場了，一般的小說家怎麼知道第一句要寫什麼啊？

離開朋友宿舍、回到自己的租賃空間，他打開電腦，瞪著空白的文書處理界面發了會呆，然後在社群平臺上胡逛，結果看到那個教授小說寫作的線上課程廣告。

線上課程沒有教他第一句該寫什麼，不過倒是讓他知道寫小說之前應該再準備什麼；他做好那些事前作業，試了幾次開頭，腦中翻來覆去揣想的情節慢慢接上，於是就順利地寫下去了。

唔，就學姐目前的評語而言，「順利」二字只是因為他沒意識到問題而已。

「話說回來，」學姐的聲音把他拉回現實，「我回頭看第一篇時，以為這故事應該是篇推理小說呢，結果讀下來情節並沒有這樣發展。」

推理小說？他讀的一向是經典名著和文學獎作品，怎麼會讀推理小說？不對，難不成學姐其實是推理小說愛好者？「我沒有寫小說的經驗，推理小說要安排屍體又要設計機關，對我來講難度可能有點高，」他道，「我本來就安排讓金老師當性侵犯，所以情節就是朝這個方向進行的。」

「推理小說不見得都有屍體，也不見得都有機關。」學姐的語氣就事論事，但簡單揭露了他完全不瞭解推理小說的事實，他希望自己沒有因而臉紅，「況且，就算不寫推理小說，也得注意情節的合理。你本來就安排金老師當加害者，於是就把情節理所當然往那個方向推，但就是這個『理所當然』，讓後續情節出現很多不合理的情況。」

既然「理所當然」為什麼反倒「不合理」？他問，「所以……是哪些地方不合理呢？」

「我們暫且不論默默的母親一開始就把矛頭指向學校老師這件事；」學姐道，「母親去找導師之後，導師馬上就認定加害者是金老師了——為什麼？我看不出來。」

「因為導師知道金老師有單獨和默默相處的機會。」他道，「醫生也指出默默有被性侵的可能。」

「我想你寫母親找了三家醫院，是想加強這個角色很關心默默、所以很小心求證的印象；」他點頭的時候學姐搖了頭，「可是因為你一心要把情節朝『金老師就是加害者』的方向推，這個橋段看起來反倒像是母親一定要找個專業人士說出她想要的答案，所以不願意採納前兩個醫生的看法。再說，那次輔導是一個月前的事了，醫生所謂的『略有紅腫』會是一個月前造成的、持續了一整個月嗎？這有點說不過去。」

啊。「我的確沒注意到這個，」他承認，動筆的時候他只想著要寫個過去的時間，於是就鍵入了「一個月前」，不過這不是什麼大問題，「但是後來的發展我也沒再提這部分了，從默默的證詞裡可以知道，金老師主要是要她，呃……」

「口交，我知道。」學姐輕輕鬆鬆講出了他不好意思在學姐面前說的詞，「所以『略有紅腫』和一個月前的個別輔導完全沒有關係，這也讓連找三家醫院的橋段變得沒有必要。其實找一家醫院、醫生認為沒事但母親仍舊不敢放心，就可以接到隔天母親去找導師的段落了。回到導師這邊——導師知道金老師曾和默默獨處，但為什麼會覺得默默沒有接觸過其他男老師？我不覺得導師能夠明確掌握到每個學生在學校的行蹤。」

「不過默默從合照裡指出金老師了呀，」他道，「這是實證。」

「這不是實證，」學姐道，「這是下一個問題。」

「假設導師說得沒錯，默默和校內其他男老師都沒什麼接觸，也就是說，她最熟悉的男老師，就是金老師。」學姐舉起手指，「當母親和導師要求默默在一張合照指出一個人的時候，默默會指向誰？導師本來就認為是金老師，當金老師出現在螢幕上時，導師會不會加強問話的語氣？」

「所以，如果我沒寫這句，也沒有讓導師表現出原本就預期默默會指向哪個人的態度，」他聽懂了，「那麼默默從合照指出金老師，反而會顯得合理？」

「仍然不算合理。」學姐道，「那是全校男老師的合照，但裡頭包括代課老師嗎？校工呢？還有沒有其他男性會出現在學校裡？如果導師無法確認默默和誰接觸過，那這些男性都會是嫌犯。」

「但是那些人不重要啊；」他晃晃腦袋，「重點是導師和母親要默默指認的時候，默默就從現有的人指出金老師了呀。」

「默默指出的一定是犯人嗎？」學姐道，「讀那個橋段時，我想起一個國外的研究。」

美國的大學曾經做過一個實驗，讓一群學生目擊一樁模擬犯罪過程，接著準備了兩列指認隊伍，將犯人安排在第一列裡。實驗者把學生分成兩組，告訴面對第一列指認隊伍的第一組學生：犯人就在隊伍裡；告訴面對第二列的第二組學生：犯人可能在隊伍裡，也可能不在，如果沒看到就說沒看到。

「第一組學生當然都指認了某人，但不見得全是對的，我印象中大概有四分之一的學生認錯人；」學姐道，「有意思的是第二組學生，大概有八成左右都指出某人是犯人，只有不到兩成的人認為犯人不在隊伍裡。雖然他們已經被告知『隊伍裡可能沒有犯人』，但大多數學生還是認為犯人就在裡頭。」

「為什麼？」他不明白，「犯罪過程可能很混亂，第一組認錯人我可以理解，但第二組學生如果心裡有疑慮，明明就還有『人不在裡面』這個選項不是嗎？實驗方沒有硬要他們指認出來呀？」

「這是一種偏差暗示。」學姐解釋，「大多數人看見指認隊伍，容易認為犯人就在裡面，他們有責任把犯人指出來，而硬要這麼做的結果，就是第二組學生認錯人的比例超過第一組認對人的比例，但他們並不知道自己受了那個暗示的影響。」

「妳是說默默也是這樣？」

「不，那是一般大學生，默默的情況不同。」學姐道，「事實上，我認為你對默默的角色塑造，相當符合現實裡這些孩子的模樣，他們不擅表達、但不會說謊。你應該讀了機構裡不少紀錄，做了足夠的功課，因為你寫默默聽到不懂的問題、不知如何回答時，會一臉茫然或表情畏縮，這些反應在機構接觸過的個案裡都會看到。我認為默默沒有說謊，但也不懂導師和母親要她做什麼；她的確被某種暗示影響，可是和剛才提到的例子不一樣。」

導師要默默看合照、母親要默默從合照裡指出一個認識的人，默默指向金老師的時候，導師表現出了肯定的姿態——「這是影響默默的暗示：在她理解的範圍裡做出她認為合乎指令的動作，受到肯定，那就是做對了。」學姐道，「而成年人的引導所產生的情節問題，在角色們到警局報案的那個橋段變得更明顯。」

不會吧？他在心裡快快回想了一下當時自己是怎麼寫的，「那部分我是用警方紀錄的方式呈現的，就是警方與默默的一問一答而已，沒有寫成年人引導默默回答呀。」

「那個呈現方式恰恰表現出成年人插手的痕跡，」學姐攤開手，「既然默默不擅表達，智能發展約莫在三到四歲之間，警局裡偵訊的女警對她來說又是陌生人，那麼對答就不可能像紀錄那麼流利順暢。」

「我知道。」他不覺得這個寫法有什麼不好，「我考慮到默默沒法子順利回答問題，可能需要員警反覆問很多次、也需要母親和社工從旁協助，如果直接寫那個過程的話就會拖得很長、寫很多沒什麼意義的對話，所以才選擇用警方紀錄來呈現——這段主要是讓默默這個事件當事人到警局留下正式紀錄，才能接到後續的偵辦和審判。」

「你想到角色設定和敘事節奏，這點很好，但是選擇用這個呈現方式並不妥當。」學姐看看他，「我曾經看過這類案例的錄影紀錄，所以我才會認為你這麼寫，反倒顯得母親、社工，甚至員警，其實都替默默回答了問題。」

錄影畫面裡，女警問：「妹妹幾歲呀？」小女孩豎起兩隻手指，一旁的媽媽趕緊對小女孩說，「是問妳幾歲，不是幾年級啦！」小女孩困惑地搖搖頭，媽媽說：「妳是不是七歲了？」小女孩沒說話，媽媽又問：「七歲了對不對？有教過妳呀。」小女孩仍然沒說話，自顧自拿走女警桌上的筆套，在手心畫來畫去；媽媽拿走筆套，「先回答才給妳玩哦，是不是七歲了？」小女孩才點點頭。媽媽把筆套放回小女孩手中，女警安慰，「太太妳別急，我就寫七歲。」

「我看過的錄影紀錄，真實的偵訊過程大概如此，」學姐描述了那幅景象，「那個女警做出來的紀錄，就像你寫的那樣，『問：幾歲？』『答：七歲』，但實際情況差很多。如果真的要記下實況，那就得把母親代答、小女孩的反應都寫進去才對。」

「那直接看錄影就好了，警察怎麼可能寫得那麼細？」他道，「重要的是結果沒錯嘛。」

「問歲數沒錯，問其他事就不一定了。」學姐放下咖啡杯，「在你的故事裡，默默指認了金老師、導師也認為金老師有性侵的機會之後，母親已經認定默默被金老師強迫口交。那麼想像一下，到了警局，員警問了默默無法理解、不知道怎麼回答的問題時，母親是不是很有可能出聲協助？問默默金老師對她做了什麼事，默默沒有回答，母親就會提示『是不是把雞雞塞到妳的嘴巴裡？』既然母親提供了答案，默默是否就點頭了呢？默默一點頭，員警寫下紀錄，就變成看起來似乎是毫無障礙、清楚明白的一問一答。這種東西沒有辦法視為當事人到警局留下的正式紀錄吧，因為它的內容其實是母親的認定，根本不是當事人的陳述。」

他覺得眉角旁邊的太陽穴開始抽痛。

早知道就乖乖寫偵訊過程了，就算要寫很多反反覆覆、沒有結果的問話也沒關係；他心想：不該聽那個線上課程的建議，說什麼這類提供輔助資訊、加強實證力道的橋段沒必要描寫太多細節、耗費太多篇幅，為了控制整體節奏，用簡明的表現方式帶過就好。

什麼爛建議。

他的大腦深處很明白這是遷怒——就算他沒聽建議，用原來計劃的寫法依舊會有「成年人引導默默回答」的情形，學姐剛剛講的偵訊過程，同他先前的想像相差不多；兩者相較，改變寫法說不定還是好一些，畢竟不是每個讀者都會和學姐一樣那麼仔細——可是他沒法子控制自己不遷怒給那個線上課程。

因為那個線上課程的講師是個傳說中的厲害人物。

只是學姐點出的問題個個有理。看來講師也沒有傳說中那麼厲害。

或者是學姐比那個講師更厲害？

打算開始寫小說那個晚上，他一直推著滑鼠滾輪讓社群平臺的頁面持續捲動，瞥見線上課程廣告時，心裡半信半疑。或者該說至少有百分之八十的疑，只有不到百分之二十的信。

會有那麼多「疑」的原因之一，在於他從前並不認為「寫小說」是一種可以傳授、也可以經由學習獲得的東西。使用文字的技巧可以教可以學，這個他懂，他小時候上過作文班，學過怎麼寫出可以拿高分的作文，而且學得很不錯。但「寫小說」應該不只如此。在他的想像裡，使用文字的技巧是寫小說的基本功夫——得先準備好這個才能開始寫小說——而真要寫小說，則需要靈感。靈感沒法子教也沒法子學，那是某個神祇或者某種更高次元的未知力量賜予的。他之所以一直沒有寫小說，就是因為沒有靈感。

原因之二是那個線上課程看起來有點可疑。他點進廣告，細看頁面說明；費用不高，但不像其他線上課程那樣採取講師錄影授課的模式，而是提供一個加密文件檔，「內容詳述小說的基本元素與組成架構，幫助你做好事前準備，快速組裝你的故事」，以及三次向講師詢問的機會，「以電子郵件描述你在創作時遇上的難題，講師將在三個工作日內回覆。」

那時他已經有了想寫的題目，但仍舊感受不到半點靈感；他記起傑克．倫敦曾說「你不能等待靈感。你得拿根棍子去追它」，可是他不知道那根棍子在哪裡。

至於「信」的原因則只有一個：他曾經在一場線上講座聽某個文學獎新人作家提及，創作時受到一名自稱「阿鬼」的神祕網友協助。那場講座後來變成猜謎大會，因為在場表示和阿鬼聯絡過的寫作者居然不只一個，但沒有任何人知道阿鬼的真實身分。

而那個線上課程講師，署名就是「阿鬼」。

「或許阿鬼的課程就是我需要的棍子？」他想，反正不花多少錢，就試試吧。

匯款之後收到的電子郵件裡附了文件檔和密碼，內容說是「詳述」但寫得很簡單，他兩三下就翻完了，覺得挺新鮮——因為阿鬼用一種類似鐘表匠的手法把小說裡那些精密嵌合的東西拆解成獨立的零件，一一解說如何準備。他沒用這種方式看待過小說，但發現他讀過的小說都能這樣解構，這麼做也的確比較容易有系統地動筆。開始進行事前作業時，他想到自己從沒讀過任何講述小說技法的書，或許那些書也和阿鬼的文件檔一樣，雖然不能傳授靈感，但可以提供棍子。

三個詢問阿鬼的機會，第一個他用來詢問「如何創造一個能夠引發同情心、有說服力，又能夠推動情節的性侵受害者角色？」阿鬼的回覆是，「性侵受害者選擇小女孩最容易讓人同情，也有說服力，讓這個角色有智能障礙，就能讓溝通困難、製造衝突，而衝突可以推動情節」，於是他想出了默默。

他打不定主意該怎麼呈現警局偵訊過程時用了第二個詢問機會，阿鬼建議他以書面紀錄格式簡單帶過即可，既可達成該橋段的功能，也能讓節奏不至於拖沓。

平心而論，阿鬼的兩個建議都很有用，只是沒提到種種元素摻合在一起之後可能發生的狀況，例如設計了智能發展遲緩的角色，就會影響到偵訊過程該如何呈現才合適。可是話說回來，這或許是他自己該注意的事，畢竟他沒把所有的小說內容寄給阿鬼看，阿鬼只是針對他提出的單一問題回覆而已；阿鬼不是〈每個人都知道〉的作者，他才是。

但阿鬼自己在文件檔裡也寫過「小說的元素環環相扣」，所以這個線上課程「回覆三個創作上的難題」根本是個無用設計——因為既然阿鬼沒讀小說的全部內容，就不大可能妥善地解決創作時遇上的麻煩。

他問過第二個問題不久後就用掉了第三個詢問機會——他沒進過警局，但想讓警局的偵訊經過看起來更逼真；警方紀錄的格式他有現成的資料可查，可是他還覺得缺了點什麼。

阿鬼建議，既然警局場景有社工在場，不妨利用社工角色進行這個任務，例如讓社工講點專有名詞之類的，只要表現出專業，就會增加逼真效果。

看著這個建議時，他想到的不是專有名詞，而是專業道具。

「對了，我剛漏了提；」學姐輕輕拍了一下手，「你寫偵訊過程時，提到社工使用了偵訊娃娃。」

呃。頭真的痛了起來。他抬眼望向學姊。

「用偵訊娃娃，」學姐聳聳肩，「也有問題。」

偵訊娃娃長得就像一般布偶，不過脫掉它們的衣服之後，會發現它們身上根據不同性別製作了生殖器官。這種設計的用意是當性侵受害者難以清楚表述事發經過時，調查者可以利用偵訊娃娃的身體向受害者詢問，也讓受害者方便藉由偵訊娃娃表示加害者觸摸或侵入了哪些部位。

這只是個用來增加逼真效果的專業道具而已，會有什麼問題？

「立意雖好，但近年來，現實中使用偵訊娃娃的爭議愈來愈大，尤其當對象是年紀太小的兒童，或者像默默這樣智能發展尚未符合實際年齡的個案，特別容易有疑慮。」學姐道，「因為偵訊娃娃的特殊設計，容易讓這些孩子動手去抓突出在外的男性器官，或者戳弄女性器官。孩子們只是覺得好玩，但一旁的成年人很可能因此誤判，以為孩子們正在描述自己受侵犯的過程。」

他沒想過這個情況，但聽學姐這麼一說，使用偵訊娃娃獲得的訊息確實值得懷疑。

「還有，像我剛提到的那個錄影實例，小女孩拿了筆套在玩，媽媽要她先回答問題之後才准她繼續玩。」學姐補充，「也會有些孩子覺得偵訊娃娃就是玩具，而成年人會要求他們先回答問題才可以玩；孩子們會採取的做法，就是表現出符合成年人要求的反應——常常就是順著成年人提示的答案回答。所以如果成年人已經認定某人性侵了孩子，孩子們就會做出依循成年人提示、但自己並不明白內容的錯誤指控。」

讓默默的母親連跑三家醫院，原意是要表現母親對默默的關心、執意查明真相的堅決，但反而讓母親成為非得把自己女兒變成性侵受害者的偏執狂，失敗。

安排默默的導師透過老師合照讓默默指認金老師，原意是要表現導師不想把自己原來的想法說出來、希望默默加以確認、以免冤枉他人的負責態度，但導師原來的想法就沒有充分的理由，指認過程的引導協助反而變成誤導，失敗。

偵訊過程就不提了，不管採用哪種寫法都是錯的，很失敗。

就連應該要建立專業形象、營造逼真感受的偵訊娃娃都沒發揮必要功能，反而增強默默提供錯誤指控的可能，失敗中的失敗。

啊啊啊啊啊！他好想抓著頭大喊幾聲——還以為自己很會寫小說呢，第一次創作就讓那麼多網友大力讚賞，結果這故事根本通篇都很失敗啊！

但這裡是人來人往的便利商店，對面坐著的是自己心儀的女神，再怎麼樣我都不能這麼失態——等等，我剛說「女神」了嗎？原來我的等級和那些在網美照底下按愛心泡泡的傢伙一樣嗎？

「你還好嗎？」學姐關心地問，「臉色不大對呢。」

「還好，就頭有點痛；」他按著額角，勉力不讓聲音帶著哭腔，但控制不了語氣中那種跌落谷底的悲愴，「學姐，我的小說寫得很爛對吧？」

學姐微微皺眉，搖了搖頭，「不會呀。」

不會嗎？他抬起眼睛，「但妳不是說……」

「我說文字使用需要調整，」學姐道，「但那不是大問題。」

「先不管文字使用，」他急急地問，「妳剛不是說了很多情節上的問題嗎？〈每個人都知道〉全篇都不對嘛，但我已經發表在網路上、現在都快寫完了，像妳這種專業編輯隨隨便便就舉出這麼多錯誤，這篇小說還不爛嗎？」

「要是你發表在報刊雜誌或者付費的小說平臺上，可能就麻煩點，但發表在自己的社群平臺有什麼關係？真寫爛了大不了全刪掉。」學姐說得好整以暇。

「可是……」全刪掉就會把那些按讚和回應也刪掉耶——他心裡這麼想，但沒法子說出口，這聽起來實在太虛榮了。

「況且我認為不需要刪，」學姐眨眨眼，「只要你肯繼續寫，這篇作品還有補救機會。」

「真的嗎？」

「我不是說過，我是因為看出你要把金老師當成加害者一路寫到底，才覺得有問題、該和你聊聊嗎？補救方法很簡單，」學姐彎起嘴角，「因為金老師不是加害者，或者性侵事件根本沒發生。」

「讓我們回到故事的開頭。」學姐雙掌朝下放在桌面，往兩邊滑開，彷彿正在撫平一疊稿紙，「默默問的那句話到底是什麼意思？」

什麼意思？不就那個意思？

「因為你原來的設計就是要寫性侵案件，所以你會這麼想，但讀者不一定會這麼想；就算讀者因為『雞雞』兩個字有了聯想，故事裡的母親也不一定會這麼想。」學姐說明，「母親當然會知道『雞雞』是稱呼男性生殖器的方式之一，但不代表默默說的時候有這個意思——那時默默正在吃零食，你沒寫那是什麼零食，如果是包小雞形狀的餅乾，或者是個公雞形狀的雞蛋糕，母親就可能會覺得默默只是在講零食，不會馬上把『吃雞雞』和『口交』畫上等號。」

「那根本就不會有後續發展了嘛。」

「對，想要有後續情節，得說明母親為什麼會立刻有這種聯想。從目前的情節看來，可以知道母親相當保護默默，或許會因此變得太過在意每個細節、有點多疑；如果找個合適的橋段做點補充，例如說母親最近看過類似新聞，所以很緊張，那就會讓聯想顯得比較合理。」學姐指出，「真的開始調查之後，你寫到金老師接受偵訊時交代輔導當天的經過，提及輔導結束之後，金老師買了小蛋糕請默默吃。警方認為這是因為金老師在性侵後想要安撫默默，但如果那就是小雞形狀的蛋糕，默默會不會就是因為這樣，才會從照片裡指出金老師呢？或許金老師說過自己常買小雞蛋糕請大家吃，所以默默才會那樣問父母？」

他想了想，「這……不大對。」

「你是不是覺得這麼一來，整起案件就成了大烏龍、變成反高潮，故事就無聊了？」學姐道，「但這樣默默就沒被性侵了呀，這是件好事。」

「默默沒事當然好，但我覺得不大對的原因是……」他舉起手，在腦中描繪默默和母親在後座吃零食的樣子，「如果默默正在吃小雞蛋糕，母親反問的時候，默默就算說不清楚，應該也可以用小雞蛋糕做什麼表示吧？」

「你的領悟力很好呀，」學姐笑著說，「把自己放進場景裡、和角色待在一起，更容易想像出合理的互動；你應該很適合寫小說哦。」

他覺得頭不痛了。

「小雞蛋糕的設定不能用，」學姐揮揮手，「可是金老師的供詞裡還是有些可以著力的點，能夠證明性侵事件子虛烏有——金老師說輔導的時候雖然和默默單獨在教室裡，但教室的門窗都是開的。」

「那只是金老師的說詞。」

「但你可以安排查證的橋段，例如訪談其他老師或學生，問問平常進行輔導時的門窗狀況，或者讓走廊上有監視器，調閱錄影畫面，又或者更直接一點，讓某些老師或學生出面證實自己曾在那個時間經過輔導教室，門窗的確是開的，裡頭沒有異樣。」

「我的確想過一個事發當時有人經過，但金老師用講臺擋住默默、沒被人看見的橋段，」他承認，「可是沒寫進去。」

「為什麼？」

「太牽強了。如果金老師站在講臺邊，默默坐在他前面，從側面看或許會被講臺遮住，但不大可能每個角度都擋得到。」他道，「而且要是有人突然闖進去怎麼辦？我認為性侵者不會選那麼容易被發現的地方犯案，所以決定門窗應該關起來，而金老師在偵訊時沒說實話。」

「性侵者的確會選安全的地方犯案，」學姐同意，「不過讓金老師打開門窗比較合理。如果平常輔導都門窗大開，那回突然關起來很不自然；而且從你的設定看來，學校的男老師應該不多，一個年輕男老師在異性占多數的學校執教，又要和女學生單獨相處，金老師會知道該怎麼避嫌。要讓打開門窗變成事實並不麻煩，我剛已經提出幾個做法，一定還想得到更多不同的方式證明；而這個證明會變成扭轉的關鍵，因為整起事件都朝『金老師是加害者』的方向發展，卻沒有任何可靠的證據，如果可以證明金老師沒騙人，那調查的方向就該跟著改變。」

「所以學姐傾向最後寫成『性侵從未發生』？」他遲疑地問，「讀者讀了半天，最後發現只是默默的母親想太多，應該會不大滿意吧？」

「如果不單考慮『創作』、也把『出版』考慮進去的話，的確有這種風險。」

「創作不就是要出版？」

「不一樣，『創作』是個人的事，創作者對作品負責，或者說對自己負責；『出版』是商業行為，要把故事賣給讀者，得對讀者負責。」學姐道，「考慮出版的話，或許該讓性侵事件確實存在，但下手的不是金老師，在結局時把犯人找出來。」

「可是……」他抓抓頭，「這麼一來，就連我也不知道誰是性侵犯了。」

「一樣先回到故事的開頭，」學姐提示，「那時你寫了什麼？」

「呃，默默的家庭背景。」

「沒錯。其實默默的母親一開始就把嫌犯鎖定在學校老師身上，是個奇怪的發展。我們剛開始討論時，我說暫且不談這個部分，因為我要指出你針對金老師設計的情節，沒能帶出任何實證，只讓大多數角色表現出一廂情願的偏頗。」學姐道，「可是你在故事開頭就做了不錯的設定呀。默默的祖父是里長，家裡常有客人出入，很多客人都見過默默、覺得默默很可愛。他們當中有人有機會和默默獨處嗎？有沒有哪個人熟到可以帶默默出去玩？如果要調查加害者，這些人難道不用查嗎？就是因為看到這個設定，我才以為你要寫推理小說，因為這擺明了是一大堆嫌犯啊。」

「哇，」他睜圓眼睛，「可是學姐，那個只是隨手寫的，現在我快寫完了都沒再提過那些人，突然從裡頭冒出一個性侵犯不會很突兀嗎？」

「快寫完了？你現在寫了多少字？兩萬左右？」

「差不多。」

「那才比一篇短篇多一點，還不到一般言情小說的三分之一呢。」

「啊？」

「擴展計畫，把它變成長篇吧，」學姐道，「我估計應該至少寫到十萬字。金老師只是最初弄錯了的調查方向，你還有很多後續情節得想。」

小說還有救讓他覺得很高興，但心情並沒有跟著放鬆，因為學姐說他只寫了五分之一。「這就像跑操場一圈，以為已經接近終點了，結果體育老師在旁邊喊說還得再跑四圈嘛。」他在心裡嘀咕，不過接著想到，「這樣不就有藉口常常和學姐討論了？」還是露出了微笑。

「寫小說一向是作者獨自面對自己創造的世界，我只能提供一些意見，你還是得自己努力。」學姐說道，他暗暗吃驚，難道學姐聽見了他的心聲？但學姐的表情沒有變化，只是續道，「寫長篇是很辛苦的事，沒有目標很難堅持下去。你有沒有想過，你為什麼要寫〈每個人都知道〉？」

「為了追妳」這四個字湧到喉頭時被他用力吞了回去，「為了想讓更多人注意校園和弱勢族群的性侵問題。」

「這個想法很好，」學姐道，「那就更該留意小說的設計，不能像現在這樣，指派一個角色當壞蛋，然後因為默默不會說謊、母親很機警，就一股腦把情節往那個角色砸過去，卻沒有寫出任何實際證據。這種情況發生在小說裡，就只是篇寫壞了的小說，發生在現實當中，就會造成冤案，毀掉一個人、一個家庭，甚至好幾個相關的家庭。」

他點點頭，「我也覺得和角色們愈來愈熟悉之後，對他們有某種責任。」

「想法像個小說家了喔，」學姐瞇著眼笑了，「要傷害自己創造的角色，多少會有點於心不忍吧。」

「我的確對默默覺得抱歉。」他答，不過在心裡補充，「但我一點都不介意傷害金老師啦。」

「你為什麼把這個故事命名為〈每個人都知道〉？」學姐問。

「原來的想法，是金老師的罪行被揭發之後面對審判，變成每個人都知道的性侵犯，」他轉轉眼珠，補了一句，「也希望這個議題能讓每個人都知道。」

「這個篇名讓我想起關於『集體錯覺』的研究。」學姐說。

「那是什麼？」

「它有好幾種情況，簡單來說，就是對某件事情的判斷，一個群體當中的個體認為是A，但同時誤以為該群體中的其他個體都認為是B；」學姊表示，「於是在公開場合談到那件事時，整個群體表現出來的判斷就是B，可是真正的多數意見其實是A。」

「真的會有這種情況嗎？」他覺得聽來不可思議。

「你一定聽過這個例子，雖然它不是實例，但一聽就懂。」學姐道，「就是〈國王的新衣〉。所有人都因為各種考慮而認為別人真的支持『國王有穿衣服』的說法，所以雖然心裡知道這不是事實，卻不會公開說出來。得要有一個真正說出自己想法的孩子跳出來，才能戳破假象。」

「故事真的可以讓很多道理變得有趣又好理解啊。」原來自己熟悉的老故事承載了這樣的意義，他想到自己現在也要成為一個寫故事的人了，不禁有點感動。

「你的篇名讓我想起這件事，是因為情節裡幾乎沒出現支持金老師的角色，好像每個人都知道他是加害者；但是導師、社工、員警真的都沒質疑過嗎？父親、祖父，或者學校裡的其他老師、家長和學生們呢？他們是不是只因為母親的堅持，加上認為默默不會說謊，就能百分之百地認同那個指控？如果安排一個當天路過輔導教室的學生挺身而出、證明當時的門窗都是打開的，這角色就會成為說國王沒穿衣服的那個孩子了。唉呀，」學姐看看手表，「聊太久了，你該回去了，我也該走了。」

「呃，那個，」他還不想結束，「聊得很愉快，謝謝學姐。」

「被指出創作的問題很愉快嗎？」學姐又露出那種「你還沒長大」的眼神，笑道，「奇怪的孩子。」

「學姐只是實話實說，我很能接受批評的，」他吸了口氣，「雖然年紀比妳小，但我的思想很成熟。」

「哦？那好，」學姐笑著點點頭，準備起身，「好好寫小說喔。」

「學姐，」他還沒想到該講什麼，問題已經衝了出來，「妳有男朋友嗎？」

「這是私人問題，」學姐的眼神飄向窗外，「我要保密。」

要保密不就表示有嗎？機構裡那個笑得很呆的傢伙已經成功了？「我知道，是機構裡的人吧，」他憤憤地講出那名男性員工的名字。

學姐噗嗤笑了，「原來你不知道？他很早就出櫃了呢。」

他的臉倏地漲紅——這太糗了，得趕快轉移話題，還是回頭講創作吧，「那個，早知道學姐對寫作技法這麼有研究，我向妳請教就好了。」

「我是編輯，只能看著作品提供建議，」學姐也沒打算讓他難堪，順著他僵硬的話題轉換回話，「不算對寫作技法特別有研究。」

「至少比我買的線上課程強，」他道，「阿鬼並沒有傳聞中那麼厲害。」

學姐的表情變了，「阿鬼？收費的線上課程？」

他向學姐概略說明了線上課程的內容，學姐的表情變得有點古怪，問他能否提供與阿鬼往來的通信紀錄和文件檔。

「那有什麼問題，我待會兒就轉寄給妳。」他問，「學姐也聽過阿鬼？對那個線上課程有興趣？」

「我聽過阿鬼。」學姐眉心緊鎖，「而且我知道他從沒開過線上課程。」

站在我這邊

02

不，我不害怕，不，我不害怕；
只要你站著，站在我這邊。

〈Stand by Me〉
Ben E. King

Stand by Me

「讀完了？」他捏扁鋁罐，隨手開了第二罐啤酒，「如何？」

「角色寫得很生動，主要角色的個性都很鮮明，厲害；」死黨盯著眼前的筆記型電腦螢幕，「不過這小說還沒寫完，幹嘛急著叫我看？」

「還不是因為你成天催我？」他回道，「系上教授催繳報告都沒這麼狠。」

「我是關心你啊，」死黨喝了口啤酒，剛顧著讀螢幕上的稿件，那罐啤酒幾乎都沒動過，「而且這半年我都沒再催了，免得你嫌煩嘛。」

關心？你去年早早寫完了一篇小說，而且得了獎，我一直沒寫出來，你那個催哪裡是關心？分明是炫耀！他表情沒變，但心中哼了一聲：後來不催了，也不是什麼體貼，而是認定我已經寫不出來了吧？

「不過我真的覺得這篇很不錯；」死黨胳臂向後撐著地板，眼睛還看著螢幕，「快寫完吧，應該趕得及去參加今年的比賽。但這個篇幅蠻長的啊，要參賽可能要刪掉不少字數才行。」

還參加比賽？變成晚你一屆的文學獎首獎得主？我才不幹！他又在心裡哼了一聲：我本來就打算寫成長篇，而且已經把目前的進度寄給幾個出版社了，有個編輯很有興趣，八成可以直接出書了啦！

「如果要刪，」死黨問，「你覺得……」

「等等，」他打斷死黨的話，「你認為現在誰是凶手？」

「你還沒寫完，怎麼做出完整推理？要我用猜的嗎？」死黨笑了，「話說回來，以現在的內容來看，我也推理得出來哦。」

「真的假的？先用猜的吧！」推理得出來才有鬼咧；他心想：我分明還有兩個重要的關鍵沒寫進去，你怎麼推理都不會是正確答案啦。

「要用猜的就要讓人意料不到；」死黨想了想，「我猜，《站在我這邊》的凶手是……」

《站在我這邊》萌芽的起點是將近一年前的某個深夜。

那天晚上，他們一夥同系同學，與幾個外系女生辦了聯誼，到城裡鬧區的一家KTV唱歌。夜半散場，他和死黨走在街上，他先發了牢騷，「聯誼真無聊！」

「我們本來就是臨時被抓來當分母的。」死黨看得很開。

「而且她們明明讀文學院，我講什麼小說她們都沒聽過！」

「大概教授規定要讀的已經太多、不想再讀其他小說了，所以都在追劇。」

「結果讓美劇達人賺到了。」他知道綽號「美劇達人」的同學也是被臨時找來湊數的，沒想到和那些女生聊得相當開心，還和好幾個女生交換了聯絡方式。

「至少她們因為看劇所以看過《安眠書店》和《福爾摩斯》。」

「好看的小說比影集多啊，而且那些影集後來發展根本都脫離原著了啦！」

「其實國內也有很多好故事啊，我們應該要寫才對。」死黨停下腳步，指向街區一角，「像那裡，幾十年前發生過槍擊案。」

「真的假的？」他跟著望去，「幾十年前這裡就是鬧區了，在這裡開槍？」

「而且是大白天。」死黨道，「槍手朝被害人頭上開了兩槍就跑了，沒被當場抓住。」

「旁邊人很多吧？居然沒被抓住？」

「突發狀況，大家都嚇傻了吧？」死黨猜測，「而且也不是每個人都意識到那是槍聲，可能一下子沒反應過來？」

「那後來抓到了嗎？破案了嗎？」他問，「槍手為什麼開槍？」

「我記得沒抓到也沒破案，要再查查資料；」死黨想了想，「印象中是因為土地糾紛。」

說到得查資料他就沒了興致——創作靠的是想像力嘛。

剛要重新邁步，兩部車發出尖銳的急煞聲響掠過他們身邊，一前一後停在前方不遠的馬路一側；前方這部是亮晶晶的進口跑車，後方那部是隨處可見的黃色計程車，兩部車的駕駛都走下車檢查自身車況，接著站在路中間吵了起來。沒過多久，一條長腿跨出跑車的副駕駛座，拉出一名穿著短裙、細跟高跟鞋，香水味濃得他們都能清楚聞到的短髮女子，裹緊身上的外套，蹬著高跟鞋加入兩名駕駛的戰局；再過一會兒，一名長髮青年走下計程車後座，爭吵變成四人混戰。四人混戰沒持續太長時間，長髮青年急匆匆地離開，計程車司機追了過去，而跑車駕駛拿出手機。

「要幫忙報警嗎？」他問。

「那人不是在打手機？」死黨道，「應該就是在通知警察吧。」

「我看他是在搭人來助陣。」他看了看，「剛才是他忽然換車道才差點擦撞，後面的計程車應該有行車紀錄器，對他不利。那個乘客也是證人，怎麼跑了？」

「乘客可能趕時間，不想等；」死黨道，「司機追他是想請他留下來作證。」

「也可能是乘客沒付錢，」他道，「或者有什麼原因不想見到警察。」

「有案底？假釋中？」

「搞不好是通緝犯。」

「這個不錯耶！」死黨眼睛發亮，「故事就在這裡啊！」

●

回到住處，他的確覺得可以把這個深夜街頭發生的汽車擦撞事故當成開場，寫出一個故事，不過寫了幾行、想了幾個發展方向之後，就沒再繼續打字。他的筆記型電腦裡這類起了頭但沒有後續、只列了相關想法的檔案很多，真正完成的小說很少——他總覺得想出點子就幾乎算是寫完作品了，剩下的那些都只是打字功夫，不是什麼創意工作；要是有個程式可以幫忙他把那些浪費時間的文字流程做完，他早就是成名作家了。

死黨沒提過要用那天晚上看到的事故來寫小說，他以為死黨說「故事就在這裡」，指的是他該從他提出的假設——急忙離開現場的乘客其實是個通緝犯——來發展故事。死黨有時會問他小說進度如何，他總說還在邊想邊寫；他確實會把平常想到的新情節加進檔案裡，再補充一些角色設定，但小說並沒有實際上的進度。

過了大約半年，死黨說要請他吃飯，約他到一家價位雖然不算太誇張，但已經超出他們平常消費預算的牛排館。

死黨中樂透了？不大可能，死黨的中獎運很差，從不參加抽獎活動、不買樂透，連統一發票都沒中過；這陣子兩人平常聊的大多是發現了哪本厲害的作品、哪些暢銷小說根本寫得很爛之類，和從前沒什麼兩樣——他想了想，不知道死黨為什麼要請客，不過有牛排可吃，當然要答應。

牛排味道不錯，他吃得很開心；上甜點的時候，死黨遞來一本書，瞥見封面，他差點把剛挖起來的蛋糕塞進鼻孔裡。

死黨得了文學獎，首獎，名字就印在封面上。

更讓他吃驚的是，這是個主流文學獎——這類文學獎向來選擇所謂「純文學」或「嚴肅文學」，他和死黨一致認為這類得獎作品常是文字技巧很雕琢但情節很普通、角色很做作的東西，而他和死黨偏好閱讀體驗流暢、情節轉折驚人，就算不寫角色內裡想法也能從情節推進和角色互動中讀出角色豐沛情感的作品，他們想寫的，也是這樣的故事。

死黨和他一向會互相討論創作想法，這回沒和他提過就完成一篇作品，而且參加他們並不欣賞的主流文學獎，搞什麼啊？「哇，恭喜，」他擠出笑容，「謝謝首獎得主的牛排。」

「得獎作品合集，你先讀我那篇。」

寫的時候瞞著我，得了獎又要我讀，你什麼意思？〈大大的小黃〉？這是什麼蠢標題？他翻開書，在心裡嘀咕；讀了幾行，他突然發現一件事。

抬眼看看死黨，死黨一臉期待，「你發現了吧？這是從我們那天晚上看到的事故想出來的。」

〈大大的小黃〉開場的情節並非發生在鬧區，而是安靜的住宅區，沒有擦撞事故，而是計程車緊急煞車、一個小學生看見一名長髮男子匆匆下車，急急離開；隨後出現的兩名青年發現計程車司機中彈身亡，騎著摩托車追逐長髮男子，但長髮男子舉槍威嚇，兩名青年只好眼睜睜看著凶手逃離現場。長髮男子後來被捕，身分是個假釋中的前科犯，堅稱自己根本不在場，警方則用各種證據一一破解辯詞，完美結案。

這根本是偷我的點子、只是把通緝犯改成假釋犯嘛！他勉強笑笑，把書還給死黨，「寫得很棒啊。」

「主辦單位送我幾本贈書，這本你留著吧；」死黨沒接書，「其實故事有問題，只是評審沒注意到。」

「推理小說得了這個文學獎的首獎，不容易啊。」他用一口咖啡把蛋糕沖下肚子；沒注意到？這些評審根本沒讀過推理小說吧？

「我也沒料到。」死黨聳聳肩，「大概是這一屆的評審標準和從前不大一樣。」

「你怎麼會投這個獎？」

「這篇寫得蠻快的，剛寫完就發現正好是參賽的截止日期，沒想太多就投了；」死黨笑著說，「那時覺得反正不會得獎，亂投也無所謂，誰知道運氣不錯，今天才能請你吃牛排。」

他覺得剛吃的牛排味道一點都不對了。

所謂的「慶功宴」他吃得很不是滋味。死黨離開後，他看了看紀念合集裡的評審講評，大力稱讚了〈大大的小黃〉，感覺更不爽。

偷用我的點子、沒告訴我就寫了作品、有事沒事就問我進度，分明是知道我寫得比他好，想趕在我寫好之前完成作品、搶著去參賽嘛！而且不但參加主流文學獎，得了獎還來找我炫耀，沒想到這傢伙是這麼虛偽的人！他坐在房裡喝著自己買的啤酒，心裡決定：不成，我要寫出更厲害的故事、參加另一個文學獎，也拿首獎！不對，我應該乾脆寫個長篇，直接找出版社出書，才能扳回顏面！

《站在我這邊》序幕從冬夜的街道開始，場景拉回鬧區，兩部車險些擦撞，一前一後在路邊停下——這是他和死黨親眼目睹的事故。不過「計程車」死黨用過了，所以《站在我這邊》的兩部車都是自用車，前方的是進口跑車、後方的是國產休旅車；「旁觀者」死黨用過了，所以《站在我這邊》沒有旁觀者，只有兩部車上的當事人。「從計程車上離開的通緝犯」這點子被死黨偷了——雖然改了設定，但偷了就是偷了——所以他完全捨棄，進口跑車上有男性駕駛和女性乘客，但休旅車上只有駕駛一人。

他認為等《站在我這邊》順利出版，死黨肯定會讀出他的用意——就算點子被偷了，他仍然有辦法寫出更好的作品。

況且，〈大大的小黃〉核心事件就是計程車上的槍擊案，這是死黨從那樁擦撞事故想到的；但擦撞事故只是《站在我這邊》的一個引子，他發展出了完全不同的情節。

險些發生擦撞事故之後，兩名駕駛下車檢查，接著口角；進口跑車上的女子下車加入之後，兩名駕駛出現肢體衝突。

突然變換車道、差點釀禍的是進口跑車駕駛，吵架吵到一半先動手的也是——進口跑車駕駛綽號大熊，平時就仗著人高馬大逞威風，在這城的黑道當中算是知名人物。大熊看對方是個尋常中年男人，本來就打算直接暴力恫嚇，瞥見剛在酒店舞池裡搭上的女孩下車走來，更覺得不能減損自己的男性氣概。大熊沒料到，外貌平凡的中年男人其實是個格鬥拳館的教練，口中一面說著不要惹事一面輕鬆閃開大熊幾拳之後，一出手就準確擊中大熊的肝臟部位，痛得大熊彎下腰來。

「還好吧？我沒出全力；」中年男人問，「我就說不要惹事，冷靜一點。」

「幹恁娘！」大熊抱著肚子，後退幾步，掏出手機，「好膽莫走，我看你多能打！」

中年男人嘆了口氣，也拿出手機。

大熊剛剛和幾個道上兄弟在附近酒店聚會，要不是搭上了女孩，也不會提早離開；酒店距離不遠，要找幫手自然先找他們。「過來幫忙，還有，」大熊壓低聲音，「要帶傢伙。」

打架頗富盛名的大熊吩咐要帶傢伙，可見對手不好應付，留在酒店裡的三個兄弟不敢大意，找相熟的酒店圍事借工具；一名圍事摸出藏在泊車櫃檯下頭的鋁製球棒，另一名圍事轉身閃進員工休息室，過了一會兒，拿著一把手槍走出來。

「幹，烏龜，」拿鋁棒的圍事道，「你拿那個我不就沒得玩了？讓我活動活動筋骨嘛。」

「大熊哥都打不過，小心一點比較好；」烏龜把槍揣進外套口袋，「我沒打算用，拿出來嚇嚇對方就夠了。」

其他人都同意這麼做萬無一失。但等這五人趕到事故現場，發現晚了一步——中年男人報了警，警察已經抵達。

大熊站在警察旁邊解釋，抬眼看見五人，用眼神示意；五人明白已經錯過時機，狀極平常地走過事故現場，沒有說話，沒有停腳，一到街口，分成兩個不同方向散去——這是黑幫分子的默契，離開某個現場時分頭行動，讓警方難以一次追緝。

「幹，真不爽！」帶鋁棒的圍事歪頭吐了口痰，「本來還想運動一下。」

「大熊哥剛沒喝酒吧？」走在一旁的烏龜轉頭問大熊的一個兄弟。

那個兄弟搖搖頭，「大熊哥一進門就和那個妹子看對眼了，請了她幾杯，但自己沒喝。」

「所以沒有酒駕的問題，賊頭大概會叫他們和解，小事。」烏龜問，「大熊哥沒喝？真難得。」

「有炮可打，大熊哥就不喝酒；」那個兄弟歪嘴一笑，「聽說他有回喝醉酒，結果幹錯洞。」

「幹到屁眼？」烏龜也笑了，「那也沒什麼大不了的嘛。」

「問題是那屁眼不在女人身上！」那個兄弟笑得更大聲，「大熊哥那天以為自己把到辣妹，結果根本是個男的，他隔天醒了才發現！」

烏龜跟著哈哈笑了起來，「你可別讓大熊哥知道你到處宣傳，他超愛面子，要是知道你把這事告訴別人，你就倒楣了。」

「對，我只告訴兩位大哥，你們可別說出去。」那個兄弟止住笑，「我們繞回去看看好了。如果賊頭走了，剩下大熊哥和對方談，大熊哥一定會覺得叫我們出來結果什麼忙也沒幫，不爽好幾天；他不爽，我也不會太好過。」

「好。不過如果賊頭還在就有點麻煩，我們等久一點再回去。」烏龜向來謹慎。

或許是大熊急著回家辦事，或許是烏龜要大家等待的時間太長，他們三人回到事發現場時，半個人都沒有。

「幹！」一路上都沒講話的圍事從長風衣底下抽出鋁棒，一棒掄向旁邊的KTV櫥窗。

玻璃迸裂的聲響在深夜裡格外刺耳。「搞什麼鬼？」烏龜吃了一驚。

「看到賊頭就閃，悶；沒打到架，更悶。」圍事轉轉手腕，鋁棒在空中畫了個圈，「現在好多了。」

「別跑！」兩名剛步出KTV大門的男人朝他們走來，「幹嘛的？砸店？」

「好呀，我不跑；」圍事舉起鋁棒，「有架打我幹嘛跑？」

「我也來！」那個兄弟脫下外套。

烏龜來不及勸阻，鬥毆就開始了；烏龜還沒搞清楚發生什麼事，鬥毆就結束了——己方兩人被壓制在地，對方一個年輕、一個年長，擒拿手法都相當熟練。

「幹，烏龜，」被壓在人行道上的圍事抬頭，「還不幫忙？」

「放人！」烏龜掏出手槍。

「別衝動；」壓著圍事的年長男人空出一隻手，從口袋裡摸出證件，「我們是警察。」

這麼倒楣，又遇上賊頭？誰知道那張警察證是不是假貨？烏龜心裡盤算，「子彈不長眼，警察也是人。」

兩個男人互看一眼，各自放手，站起身來；圍事撿起鋁棒，那個兄弟轉轉脖子，望向烏龜。烏龜對兩人點了點頭，下一個瞬間，三人分頭朝不同方向逃逸。

年輕男人一下子不知該追誰，遲疑了一下；年長男人問，「有帶槍嗎？」年輕男人點點頭，拿出佩槍。

「追那個帶槍的，」年長男人也拿出手槍，抬抬下巴指指烏龜逃離的方向，「他有槍，比較危險。」

「瞭解！」年輕男人拔腿就追，年長男人跟了上去。

無論那兩個男人是否真是警察，自己舉槍威脅都被他們看見了，早早離開現場才是上策——烏龜在道上混的時日夠久，懂得這個道理；他挑東彎西拐的小巷逃竄，同樣經過算計——如果那兩個男人只是多管閒事的民眾，那就不敢追來，如果那兩個男人是貨真價實的警察，那走自己熟悉的巷弄比較有機會甩掉他們。烏龜也很清楚：從那兩個男人制伏對手的動作來看，他們是警察的機率很高。

那兩個男人的確是警察。年長的叫老李，年輕的叫小雷，當天到ＫＴＶ參加一個分局同仁的慶生會，老李嫌ＫＴＶ太吵，小雷不喜歡喝酒，兩人各自找了藉口離席，剛下樓就聽到砸玻璃的聲響。

根據老李的證詞，小雷年紀輕、腳程快，巷弄追逐時跑在前頭，自己在後面追趕。小雷追著烏龜繞過一個轉角，有幾秒鐘不在老李的視線範圍之內；老李喘噓噓地拐彎趕上，正好看見十餘公尺外的烏龜朝右轉身、向後開槍。在老李身前的小雷一聲悶哼，當場倒地；老李馬上瞄準烏龜扣下扳機，但烏龜還是跑了。

老李認為自己沒有射中烏龜，本想繼續追捕，但同僚受傷，不能不理。老李蹲下檢查，發現小雷已經失去知覺，趕緊呼叫支援。

可是小雷沒有活下來。

後續檢驗，法醫發現擊中小雷的那發子彈擦過小雷的右肘外側，鑽進右胸下方，在傷口附近留下燒灼傷痕，接著穿透肝臟，最後卡在第二腰椎。肝臟被射穿造成大量失血，醫護人員趕到時，小雷已經回天乏術。

老李是老刑警，在局裡的人緣很好，不會事事爭功，也樂於提攜後輩；小雷已經娶了老婆，有了小孩，雖然在警界資歷尚淺，但行事果敢負責，將來應該大有可為。警員殉職自然是椿大事，加上殉職的又是大家都喜歡、平日相處和樂的同僚，整個分局都很激動，發誓一定要將烏龜緝捕歸案，以慰小雷在天之靈。

警方沒料到，幾天之後，烏龜帶著一把槍，一拐一拐地走進另一區的警局投案。

「你說你當天帶這把？」負責偵訊烏龜的刑警很不高興，「這把是玩具槍！雖然看起來做得蠻像回事，但用這個來騙警察也太隨便了吧？你以為我們分不出來？」

「警察大人當然看得出來，我怎麼敢騙你們？」烏龜心平氣和地道，「那天我帶的就是這把，拿出來做做樣子而已。長官你剛也說它做得很像，一般人一定會被唬住，怎麼知道那天的兩個長官也以為它是真的？就因為那兩個長官也被騙了，我才覺得他們根本不是警察咧。」

「不是警察？他們如假包換！」刑警惡狠狠地道，「你該慶幸他們是另一個分局的同仁，如果你去那裡投案，那些同仁可不會像我這麼好聲好氣。」

「謝謝長官，我懂規矩的；」烏龜道，「事情發生在你的轄區，我當然來你這裡投案呀。」

「別長官來長官去的，現在你在演哪齣？」刑警拿出資料，瞪著烏龜，「那天你不是很神氣嗎？我們同仁出示警證之後，你不是說什麼，啊，寫在這裡，『子彈不長眼，警察也是人』？你哪有把警察放在眼裡？」

「那句話哪裡有錯？我聽起來一點都沒有瞧不起警察大人的意思，況且我根本就沒講話；」烏龜仍然好整以暇，「而且長官都出示證件了，我還敢說什麼？雖然我不知道那個證件是真是假，但我不敢大聲放話，只是客客氣氣請他們放人，他們照做之後我就溜了嘛。」

「客客氣氣？」刑警用筆戳著資料，「那天你開槍射了我們同仁！」

「這把玩具槍怎麼射得死人？」烏龜拉高褲管，露出裹著繃帶的左小腿，「要說挨槍子，我才是受害者啊！那天我跑到一半，被不知道哪個長官開了一槍，打到小腿，在附近躲了大半夜，痛得要命又冷得要死，天亮了才找到一家藥局買藥包傷口，很可憐耶。」

老李的證詞裡沒提到烏龜左小腿中彈的事，刑警擺擺手，「等等我們帶你去驗傷，是不是槍傷到時再說。」

「當然是槍傷。」烏龜認真起來。

「那彈頭呢？」

「我怎麼知道？穿出去了，大概掉在那個巷子裡，我只顧著跑，哪裡還會去找？」

「只顧著跑？你不是還會轉身開槍？」刑警冷笑，「很帥嘛，黑幫片看很多啊？」

「絕對沒有轉身開槍，我哪有那麼神？長官，告訴你，電影演那個都假的啦；」烏龜道，「我中了一槍，當然要趕快逃命呀！而且我跑沒幾步，又聽到背後有人開槍耶！我哪敢表演什麼轉身開槍啊？」

驗傷結果，烏龜左小腿的傷口果真是槍傷，子彈撕裂肌肉，沒有傷到骨頭，在比射入口高的位置穿出小腿，呈現從後往前、由下而上的子彈行進路線。

刑警尋訪了事發當晚現場的其他人。除了大熊及女伴、休旅車駕駛、處理事故的警員、朝其他方向離開的圍事和大熊的兄弟，刑警也問了附近住戶。有的人表示不清楚，有人回憶起的確聽到類似槍響的聲音，但除了烏龜、小雷和老李，沒人看見巷子裡的事發經過。

不過所有聽見槍聲的證人都確定，他們聽到兩次槍響。

從烏龜的供詞看來的確有兩聲槍響。烏龜說自己忙著逃命，沒有回頭看，不知道開槍的人是誰。

老李的證詞也有兩聲槍響：一發來自烏龜射中小雷那槍，一發來自老李射擊。老李認為自己沒打中烏龜，所以烏龜左小腿的傷和那場槍戰無關，可能是因為後來又惹上其他麻煩留下的，乾脆推給警察、把自己開的那聲槍響賴到小雷頭上；或者那根本是烏龜自殘的苦肉計，否則子彈怎麼會那麼剛好沒造成重大傷害？而且不管那個傷是怎麼來的，烏龜都可以拿它當成自己忙著逃命、無暇轉身開槍的佐證，對烏龜的供詞有利。

老李的說法明顯比較可信，但刑警有點疑惑。

刑警認識烏龜，知道烏龜是個老江湖，不會故意和警察作對——烏龜說自己雖然不確定老李出示的警證真偽，但沒有進一步的逼迫舉動，老李和小雷放人之後烏龜也跑了，表示烏龜就算不確定老李和小雷是不是警察，仍然為了以防萬一，選擇不與他們正面衝突，而是迴避。

烏龜都已經逃了，又比老李和小雷更熟悉當地環境、有機會成功逃離，那還會在被追急了之後，轉身朝小雷開槍嗎？攜帶槍械和開槍駁火，面對的刑責差異不小，刑警認為烏龜不會不知道，況且小雷殉職的事上過新聞，如果烏龜真的開槍打死了警察，還敢自己出來投案嗎？

深夜暗巷裡發生的槍擊案件，才是《站在我這邊》的主要謎團——他對這個謎團很有自信，因為寫這個故事的時候，他找了高人指點。

死黨在那場所謂的「慶功宴」裡提過，〈大大的小黃〉情節其實有問題，只是評審沒看出來，那時他認為評審八成沒讀過推理小說，不過仔細想想，他剛讀的時候也沒看出什麼缺漏。咖啡喝到一半，他向死黨問起這事，得知在〈大大的小黃〉拿下首獎後、紀念合集還沒出版之前，死黨收到一封電子郵件，來自一個死黨不認識的帳號，說死黨寫的凶手角色並不是真正的凶手。死黨回信解釋，那個自稱阿鬼的人不但又寄了信來，還指出好幾個推理漏洞。

「老實說我那時不大服氣，寫信來來去去地討論，最後才被阿鬼說服。」死黨嘆了口氣，「被說服的時候我真的嚇出一身冷汗啊，因為紀念合集快出版了，就算評審沒讀出問題，將來也一定會有某個讀者發現。結果阿鬼反而安慰我，說其實有機會補救，只要從其中一個角色繼續發展、把〈大大的小黃〉擴寫成長篇，就能夠導正故事，真的寫出一本沒有問題的推理小說。」

「所以你要繼續寫？」他問。

「對，我還把這事放在得獎感言裡，算是給自己一個壓力。」死黨笑笑，「其實我一直很好奇，那時紀念合集還沒出版，阿鬼是在哪裡讀到稿子的？」

阿鬼在哪裡讀到稿子不重要，能提供有用的創作意見才重要——他這麼想。

隔天他開始為了和死黨互別苗頭的創作，但進行得並不順利。點子在腦子裡想像時很好，記到檔案裡看起來也很好，可是真要寫成小說就感覺有哪裡不那麼好。他寫寫改改，總覺得沒有進展，十分苦悶；死黨不再問他寫作進度，他也拉不下臉去找死黨討論。

過了一個多月，他訝異地在社群平臺上發現一個關於寫作的線上課程廣告，講師的名號，正是「阿鬼」。

演算法真是幫了大忙。

他付費買了阿鬼的線上課程，獲得廣告上載明的加密文件檔和三次詢問機會。加密文件檔的解密密碼隨著檔案一起寄來，內容比他想像的更簡略——那些關於小說基本元素和組成架構的東西，他在其他談論寫作的書裡也讀過，有些名詞不大一樣，但意思都大致相同；文件裡還有一些配合講解的範例，看起來摘自某本他沒讀過的小說。

換個角度想，或許因為阿鬼的文件寫得簡單，他反倒可以更直截了當地用以審視自己記下的想法，扎實地從基礎安排每個設定。基礎穩了，進行起來就順利多了，他覺得故事開始真的有了進展。

不過這個課程真正吸引他的，是那三次以電子郵件向阿鬼詢問意見的機會——阿鬼曾經在死黨作品完成後指出隱微的漏洞，他只要能在創作進行中先得到阿鬼的指點，就能寫出比死黨更好的小說。

《站在我這邊》有三個部分在阿鬼的指點下做了補強。

首先，小雷的槍傷是推理出真凶身分的重要依據，所以他仔細描寫彈道，包括手肘的擦傷、子彈進入身體後的路徑，以及傷口周圍的灼傷痕跡。

他難得不光憑想像、老老實實去查了關於槍傷的相關報告，包括子彈傷及哪些部位容易致命、擊中人體時會留下哪些跡證、進入人體後有哪些因素可能會影響前進方向、穿入的傷口和穿出的傷口有哪些不同等等。他過去總覺得查資料很無聊，沒想到真去做了居然比想像中有趣，而且可以讀到從前不知道的資訊，例如他在《停屍間的死亡人生》這本書讀到「穿出傷口不一定大於穿入傷口」的臨床事實——他一直以為子彈穿出人體造成的傷口一定會比穿入的傷口大。

除此之外，他也查了關於來復線的資料——槍管和炮管內壁會有螺旋狀凹凸槽，讓子彈或炮彈擊發時沿其產生縱向旋轉，提供射擊的準確度。這類凹凸槽稱為「Rifling」，有膛線、來福線或來復線等譯法，他查閱一些公開判決書之後，決定選用「來復線」這個譯名。來復線讓子彈旋轉，也會在子彈上留下刻痕，所以檢查彈頭，就可以確定子彈是從哪把槍擊發的；因此，等鑑識人員檢查小雷體內的彈頭，就可以知道是誰殺了他。這個檢驗證據，他會在故事後半段提及。

再者，阿鬼強調角色個性相當重要，得讓讀者認為「角色真的會做那件事」，才能在揭露真凶身分時造成既意外又合理的效果。所以他花了不少篇幅塑造老李和烏龜，建立老李待人和善、深受局裡警員愛戴，以及烏龜陰險狠辣、長於權謀算計的形象。他忘了自己在哪裡讀過「黑道分子會四散逃離、讓警方難以追捕」這事，但寫的時候覺得這很有道理，也能讓他將情節順利地引導到暗巷槍戰，於是也放了進去。

最後，阿鬼認為要有實證去抵觸真凶的說詞——真凶說詞聽起來再怎麼可信，都會被這個實證瓦解。他還沒寫的來復線檢驗是個實證，不過他想讓推理更有力，心忖應該再加強證據，所以在烏龜腿部的槍傷下了功夫；詳細描述擊中烏龜左小腿那發子彈的行進方向，為的是這個原因。

小說還沒完成，但進行順利，他等不及完稿，先列了後續大綱，連同已完成的部分寄給幾個出版社，得到其中一家編輯相當正面的回覆，於是決定讓死黨先讀，好挫挫死黨的銳氣。

他認為自己並不是因為死黨得了首獎而嫉妒，而是不爽死黨在沒告知他的情況下用了他的點子。

死黨近幾個月都沒再問他小說進度，分明是認為他根本寫不出來；先讓死黨讀讀現在的篇章，死黨一定會大驚失色。你以為我寫不出來？他心裡暗笑：你偷偷摸摸寫了個短篇得獎，我不聲不響就能寫出一部長篇出版啦。

結果死黨讀了，也覺得寫得很好，但居然要他刪減字數改成短篇去參加比賽，這真是太瞧不起他了；「等等，」他沒讓死黨說完，「你認為現在誰是凶手？」

「要用猜的就要讓人意料不到；」死黨想了想，「我猜，《站在我這邊》的凶手是……小雷。」

「這太扯了吧！」他沒料到會有這個答案。

「的確很扯，我剛說要讓人意料不到嘛；」死黨道，「不過從小雷的槍傷來看，這並不是完全說不通，只是那個右手肘的擦傷比較怪，要另外想個理由解釋。」

問題不只有右肘擦傷吧？「這不就變成小雷自殺了嗎？他為什麼要自殺？」

「可能的原因很多，職場問題、家庭問題；」死黨舉起手指，「你沒寫太多關於小雷的事，這類原因可以想出一大堆。」

「不是小雷啦。」

「我知道啦，」死黨笑著擺擺手，「選小雷的確很牽強，不是因為找不出他自殺的原因，而是因為不容易解釋他為什麼追人追到一半突然自殺。不過這也不是完全辦不到，只是會需要更多篇幅來製造轉折，那你這就得直接寫成長篇。」

「就說不是小雷了。」他有點失去耐性。小說都已經寫了三分之二，還要多加內容把小雷改成自殺，太麻煩了；而且這些多加的內容會與小雷的角色設定及生活背景有關，應該加在目前完成的部分當中，但那些部分已經給編輯看過了，他不想改。「你剛說推理得出來？那別瞎猜了，你推理的真凶是誰？」

「現階段推理的話真凶可以選擇的範圍很小；」死黨道，「我可以肯定不是烏龜。」

「當然是烏龜！」他目瞪口呆。怎麼可能不是烏龜？他花了那麼多筆墨描寫烏龜如何工於心計，是個已經在道上混很久的老油條，為的就是讓烏龜投案之後可以面不改色地說謊，死黨怎麼會看不出來？

「不可能。」

「我解釋給你聽。」他決定好好教育死黨。

他把筆記型電腦挪到自己眼前，搜尋要找的段落，再把筆記型電腦轉向死黨，指著螢幕，「你有注意到烏龜的槍傷嗎？子彈行進的痕跡由後往前，斜上穿出小腿。」

「有。」死黨點頭。

「烏龜說這是被小雷擊中的，但這不可能嘛。」他站起來，指著自己的小腿，「小腿在人身體的下方，烏龜跑在前面、小雷追在後面，如果小雷朝烏龜的腿開槍，子彈不是應該從上方打進去嗎？行進痕跡就不會是由下而上，而是從上斜行往下穿出小腿才對。」

「所以烏龜的腿傷是怎麼來的？」

「我的設計是他自己搞的。」他重新坐下，把左小腿架到右腿上方，右手食指斜抵住左小腿肌肉，「像這樣射一槍，才會出現由下而上的路徑。烏龜知道自己殺了警察，長相又被看見了，所以被捕是遲早的事。烏龜明白殺人的刑責很重，加上又是開槍殺警，檢調都會因此重判，於是想出一套說詞來減輕自己的罪行；開槍打傷自己的腿是苦肉計，用來強調那套說詞的可信度。」

「對，不過，」死黨想了想，「有點怪怪的。」

「哪裡怪怪的？」

「如果烏龜說謊，那麼現場的情況就是烏龜射了一槍打死小雷，老李射了一槍沒打中任何東西；」死黨道，「後來查訪的現場證人也都說聽到兩聲槍響。」

「這有哪裡怪？」

「怪的是烏龜沒必要在警局說自己先被小雷擊中。」死黨道，「如果烏龜假造槍傷誣賴警方，可以說是老李開的那槍造成就好——烏龜知道警方的確開了一槍，但不會知道警方能不能找到證人，也不會知道證人聽到槍響次數會不會一致，所以沒必要說自己先被第一槍擊中，然後聽見第二聲槍響。」

「烏龜的個性謹慎，知道現場開了兩槍，不管有沒有證人，都會這麼說。」他覺得死黨沒有清楚理解角色設定，「既然烏龜撒謊說自己帶的是玩具槍，自然就會說那兩槍都是警方擊發的。」

「可是我沒讀到關於槍枝檢驗的部分，所以無法確定小雷到底有沒有開槍。烏龜說聽到兩聲槍響但不知道是誰開的，老李說烏龜開了一槍，自己也開了一槍。」死黨道，「警方要確認烏龜有沒有說謊，應該要檢查小雷的槍，不過看起來警方似乎沒這麼做？」

「我後續會寫到槍枝檢驗。」他的確沒想到也該檢查小雷的槍，心裡暗暗記下該補進這個橋段。

「話說回來，烏龜是個謹慎的人，他會說這麼容易被拆穿的謊話嗎？」

「呃。」他一時不知如何回答。

「還有一件事。」

「還有？真的假的？」

「警察追捕逃犯時開槍的目的主要是限制對方行動，所以小雷射擊時可能瞄準烏龜的小腿。你剛說小腿在身體下方，所以子彈應該由上斜下進入，這沒有錯，但只限於站立的時候。」這回換死黨起身，向前微傾，向後伸出左腿屈起左膝，「你看，烏龜當時正在跑，會抬高小腿，小雷也在跑，身體會前傾。如果小雷一面跑一面舉槍，對準烏龜的小腿射擊，那子彈仍然可能從下方打進去，斜上穿出來。」

他看著死黨朝後停在半空的小腿，不大情願地承認，「是有可能。不過這太湊巧了，說是烏龜自己幹的比較合理。」

「的確。」死黨坐回原位，「不過目前老李和烏龜各有各的說法，要確定誰說的才是真話，還是得有別的證據才行。」

自己精心設計的子彈行進路徑居然沒能成為反駁烏龜供詞的實證？他不大服氣，但馬上想出解方，「這問題在我後續寫槍枝檢驗的時候就可以解決。現場有兩聲槍響，只在小雷體內找到一發子彈。寫槍枝檢驗時我會寫鑑識人員比對彈頭的來復線，發現小雷體內那發子彈和兩個警察的佩槍不符，那就肯定來自現場的第三把槍，也就是烏龜帶的那把。」

「所以烏龜那天帶的是真槍，用它殺了小雷？」死黨的語氣遲疑。

「對。」他點頭，「我剛才就覺得你應該沒辦法做出完整推理，因為我還有兩個重要的關鍵沒寫。一個就是槍枝檢驗，我除了會讓鑑識人員確認小雷的佩槍沒有擊發、戳破烏龜的供詞之外，也會寫到來復線比對，確認小雷體內的彈頭來自第三把槍，讓烏龜正式成為真凶。」

「那烏龜犯案的那把槍到哪裡去了？」

「處理掉了。」他得意起來，「這是我另一個還沒寫進去的關鍵。警方會在烏龜右手驗出火藥殘跡，顯示烏龜曾經開槍，所以老李的證詞才是真話，烏龜開槍射了小雷。」

「火藥殘跡會存留那麼久嗎？過了幾天才投案，烏龜都不知洗過幾次手了。」

「呃，我會再確認，不過我記得讀過會殘留很久的案例啦。」

「但如果照你說的，烏龜也開槍射了自己的小腿，手上不也會留下火藥殘跡？警察如果確定烏龜的傷是自己搞的，不就反倒不能確定火藥殘跡是不是朝小雷開槍時留下的？」

「唔？對，」他忽然有點狼狽，「總之烏龜真的有槍，說案發那晚帶假槍是欺騙警察的。」

「烏龜真的有槍也不代表那晚帶的一定是真槍吧？」

「反正我後續都會解釋清楚啦！」怎麼要補充的東西愈來愈多？他提高音量，「總之這就是事件的真相——烏龜逃跑時轉身射殺小雷，後來想出一套說詞試圖減輕自己的罪責，而警方和你一樣都被他誤導了。」

「嗯……」死黨皺起眉頭。

「我知道你覺得不服氣，但我還沒寫完，你本來就不大可能推理出正確答案。」

他放緩音量，「只是我沒料到你真的會相信烏龜的說法。你想想，我為什麼要花那麼多篇幅去描寫烏龜的日常？」

「因為你要建立烏龜的角色形象和個性特色。」死黨抬起頭，「這類東西可以直接寫，例如就說他城府很深之類的，不過更好的方法是像你這樣，透過他平常與人互動的行事風格，讓讀者瞭解這個角色的真正個性。」

「沒錯。」他點點頭，「烏龜知道自己殺了警察，罪責不輕，而且長相已經被老李看見了，加上又是酒店圍事，警察找到他不用花太久時間。那怎麼辦呢？逃亡是個選項，可是如果烏龜想得出一套說法，把兩聲槍響全都賴給警察，然後再主動帶把假槍去投案，就可以推得一乾二淨，說自己非但沒有殺害警員，甚至沒有攜帶管制槍械。拿把玩具槍威嚇警察會判什麼罪？我不知道，還得查查，不過一定比殺警罪責輕上太多。烏龜權衡輕重，認為這麼做比逃亡有利，才會選擇這個方法。」

「賴給警察風險很高，」死黨道，「鑑識人員查得出小雷到底有沒有開槍，烏龜那套說詞太容易被攻破，我剛就問了，如果他真的很有心機，會做這麼冒險的事嗎？」

「所以我才會寫槍枝檢驗嘛。」他沒提自己壓根兒沒注意該在槍枝檢驗的環節裡說明小雷的佩槍狀況，只覺得死黨現在絞盡腦汁想在他原來設計好的推理脈絡裡找漏洞，「而且，你應該也注意到了，我花在老李身上的功夫也不少。」

《站在我這邊》在深夜暗巷的槍戰場景之後，情節分成三條線進行。其一是負責案件的刑警偵辦過程，包括審訊投案的烏龜、查訪現場、比對供詞的真偽，以及法醫及鑑識人員的報告；其二是用插敘方式描述烏龜的過去，如何從一個好勇鬥狠的流氓小弟，因為經歷一些風浪之後開始收斂，選擇一個不出風頭的圍事工作，既不會惹人注意，卻仍然可以運用各種算計替自己撈到不少好處。

其三則是老李。這部分他採用依隨故事時序發展與回憶並行的方式，一方面講老李在案發之後的心情、警局同仁的反應、老李追蹤偵辦進度以及提供給刑警的種種建議，另一方面則透過往事呈現老李與同仁之間的相處情況，如何排解同仁之間的糾紛、如何規勸被捕的嫌犯合作，塑造老李誠懇和善的樣貌。

「你看，寫這些雖然看起來與案件本身無關，其實都是有意義的；」他知道死黨明白這事，但忍不住想要趁機教導死黨的衝動，「角色的個性建立起來，揭開謎底時才有說服力，不會像是作者為了製造驚奇才硬塞一個沒人想到的凶手進去。」

「這些我懂。」死黨耐心聽完他的長篇大論，「我也覺得老李和烏龜的角色描述的很全面。只是如果烏龜是真凶，結局就不怎麼令人意外。」

「總不能為了意外而捨棄合理。」他道，「我剛不是說了嗎，那麼做的話，作者干預的手法就太明顯了，很難說服讀者。」

「是。不過我剛仔細想了想；」死黨又皺皺眉，然後吁了口氣，「除非你要改寫已經寫好的這些部分，否則的話，烏龜就不可能是凶手。」

改寫？怎麼可能！這些部分都給編輯看過了咧，改寫不就等於表示自己寫壞了？而且烏龜擺明了是凶手嘛！「為什麼？」

「因為槍傷周圍的燒灼傷痕。」死黨道。

「誰的槍傷？小雷還是烏龜？」

「兩者都有問題。」

「我們先來看烏龜的槍傷。」看他露出疑惑的眼神，死黨解釋，「你說那是烏龜自己幹的，我認為也有可能是逃跑時被小雷射傷的；你說這個等你寫了槍枝檢驗的橋段、確定小雷沒開槍就能確定不是被小雷射傷的，這部分沒錯。可是反過來說，那也不會是烏龜自己射的。」

「怎麼說？子彈的行進路徑可以證明。」

「子彈的行進路徑無法證明，我剛講過了，它兩種情況都符合，是你還沒寫到的『小雷的槍沒擊發』一事才能證明烏龜說謊。不過問題不在這裡。」死黨道：「因為你沒寫烏龜的傷口有沒有燒灼傷痕。」

他一愣，攫過筆記型電腦快快檢查，只是還沒找到相關段落，他就已經記起自己的確沒寫。

「如果烏龜用槍抵著自己小腿開槍，距離那麼近，就一定會留下這種跡證。」他一面找，死黨一面說。

「那沒關係，我漏了；」他的視線移開螢幕，不大情願地承認，「槍枝檢驗的橋段補上的時候一併提到，就可以解決這個問題。」

「是。可是還有小雷的槍傷。」

「這我可沒漏寫。」

「對，但是你說烏龜距離小雷十幾公尺，轉身開槍，」死黨靜靜地道，「那麼遠的距離，當時又是冬天，大家都穿著外套，小雷身上的槍傷不應該還有燒灼傷痕。事實上，我讀過幾份不同報告，分別指出燒灼傷痕要在五十公分、十五公分甚至五公分之內槍擊才會造成，不管採用哪份報告，小雷和烏龜的距離都不夠近。」

他猛地聽懂了死黨說「除非改寫已經寫好的部分，否則烏龜不可能是凶手」的意思——烏龜的槍傷還能用後續情節解套，但小雷的槍傷無法利用增補情節解釋。

「小雷的槍傷，加上老李和烏龜的個性，是我推理的主要依據，」死黨看著他，「按照我的推理，你不用改寫，一樣可以有合理結局，而且會增加意外效果，只是真凶不會是烏龜。」

他狐疑地望著死黨。真凶不是烏龜，剩下的選擇只有一個人。

「對了，我剛讀你稿子的時候，想起前陣子看過一本書，叫《隱性偏見》。」死黨忽然說起似乎完全無關的話題，「《隱性偏見》在說人有很多時候帶著偏見而不自知，就算我們很有自覺地避免自己用帶著歧視的眼光去看待別人，還是會有偏見在我們不自覺的情況下影響判斷。」

他沒回話。死黨說這個做什麼啊？

「書裡提到一個例子，講美國一個白人警察接到關於黑人嫌犯描述的訊息，然後看到一個符合描述的黑人開車經過，就要對方停車，拿出證件受檢。」死黨續道，「黑人首先表明自己有槍——不是威脅，那個黑人有持槍執照、槍也是合法取得的，表明這個是法律規定，所以黑人是依法行事。接著黑人要伸手拿證件，白人警察變得很緊張，大聲喝令對方不准拿槍，黑人解釋說自己不是要拿槍，白人警察還是高聲嚷嚷，然後就開槍打死了那個黑人。」

「黑人不是嫌犯？」

「不是，所以白人警察後來因為殺人罪被判刑了。這很容易被簡化成種族問題，但事實上，這起悲劇不只因為對種族的偏見。」死黨搖搖頭，「美國的研究顯示，在職時間每增加一年，警察動用武力的機率就會增加百分之十六，不只是開槍，也包括動用過度的暴力，有很大一部分目的是為了自保，而不是為了攻擊——警察值勤愈久，愈知道周遭充滿危機，愈會想在遇上危險時保護自己。白人警察先是聽到嫌犯的外貌描述、再看到一個符合描述的黑人，而且馬上知道黑人有槍，所以身心已經進入高度戒備狀態；黑人遵照白人警察的指示要拿證件，但白人警察擔心的完全是對方要伸手拿槍，才會緊張地釀成大禍。」

「你講這個幹嘛？」

「因為這能夠解釋老李為什麼會開槍射殺小雷。」

「我知道你認為老李是真凶，」他無法認同這個推論，「但老李沒有理由殺掉小雷。」

「老李不是故意的。」死黨描述他寫過的暗巷槍戰場景——小雷跑在前頭，拐過轉角，老李轉彎追上時正好聽見槍響，「那其實是小雷打傷烏龜小腿那槍，但老李知道自己在追一個帶槍嫌犯，神經緊繃，剛才又沒看見事發情況，於是一聽見槍聲就擊發了自己的槍，結果射中身前的小雷。這樣的距離，才能解釋小雷槍傷周圍的跡證。」

「還是不對；」這個答案和他原先的設計相差太多，怎麼反倒可能是正確答案？「小雷的槍傷是從前方射入的，老李在小雷後面，不可能造成那樣的傷口。」

「這很簡單。小雷先打中烏龜，然後聽見背後有聲音，轉身看見老李，」死黨做出向右後方轉身的動作，「這時老李開槍了。如此一來，子彈的行進路線，就會符合你原來的描述。」

●

他怔怔地望著死黨。死黨的推論完全合理，他想不出任何反駁。

槍枝檢驗結果一出爐，調查的刑警就會知道事實——小雷和老李的槍都曾擊發，符合證人聽到的兩聲槍響，表示烏龜在這件事情上頭沒有說謊，且來復線比對也會知道小雷體內的子彈來自老李的槍。

原先打算用自己相當滿意的書稿壓得死黨俯首稱臣的計畫全盤失敗，反倒證明了在創作方面死黨想的確實比他仔細。

「你覺得如何？」死黨沒察覺他的表情有異，「完成的部分都不用改，有問題的部分當成後續要解決的疑點就好。而且我覺得你讓烏龜先把真槍處理掉、帶假槍投案的設計不錯，這個角色的確會想瞞騙警察，減輕刑責。」

他悶悶不樂地道，「只是老李成了真凶不符合角色設定，老李不該是個會掩飾自己過失的人。」

「老李在局裡的風評很好，在警界的紀錄也很好，但正因如此，他有可能不願意值勤多年之後，因為誤殺同僚而留下汙點。」死黨道，「反過來說，也有可能是老李想要坦承，但因為他的人緣好，所以警局全體聯合起來幫他把罪推到烏龜頭上。不管採用哪一個做法，老李或警局都可能在交給鑑識單位的東西上頭動手腳——把小雷的槍當成老李的，這把槍擊發過一次，另外再拿把沒擊發過的槍當作是小雷的佩槍，這樣就能符合老李的證詞；老李的槍根本沒交付鑑識，也就不會被發現小雷體內的子彈來自這把槍。」

「那不就多了一個謎團？」

「這個不難解決。你可以讓負責偵辦的刑警找到小雷射穿烏龜小腿的那顆彈頭，例如被巷子裡的小孩撿走之類，就可以證明烏龜的供詞；但刑警會從來復線比對發現疑問，再想起小雷身上燒灼傷痕也是疑點……」

「對啦你很棒啦，你這麼行，當初為什麼偷我的點子？」他的理智來不及阻止這句話衝口而出。

「啊？有嗎？」死黨的表情是不折不扣的疑惑。

「〈大大的小黃〉開頭來自我們看到的車禍事故，」話已出口，就乾脆說個清楚，「你把我說的『通緝犯』改成『假釋犯』，偷了我的點子去寫小說！」

「呃，」死黨眨眨眼，「那是因為我先說那個乘客可能假釋中，你才說出『通緝犯』的啊。」

咦？

「而且『通緝犯』的確比『假釋犯』好，」死黨補充，「但因為我不該用『通緝犯』，所以才會因為『如果只是假釋中為什麼要躲警察？』這個問題，想出後續情節。」

啊？

「要是我寫〈大大的小黃〉時先和你討論，你就可以向我先問清楚，不會產生這種誤會。」死黨嘆了口氣，「只是那篇寫得很快，我原來只有一些模糊的想法，東翻西翻找資料，有天晚上突然想通了，大概三、五天就寫完，把查到的資料全塞了進去，然後發現正好是文學獎截止日之前，直接就寄了……」

死黨真的先講過「假釋中」？他不記得有這回事，只記得自己說「通緝犯」時死黨很興奮，所以讀到〈大大的小黃〉發現死黨寫的是「假釋犯」，才會認為死黨因為不想直接竊用他的點子，於是改了細節。

「……寄了之後我心想等落選了再請你挑毛病，沒想到居然得了獎……」

所以自己這段時間一直庸人自擾，認定死黨不但忝不知恥地盜用點子，還刻意拿作品向自己炫耀？不，我不是心胸這麼狹小的人吧？這是死黨這段時間早就準備好了、等我興師問罪時就可以搬出來的解釋吧？幾個念頭在他腦中混亂地撞來撞去，但愈來愈清晰的，是他自己對自己說話的冷靜聲音：你好好想想，死黨是會這麼做的人嗎？你怎麼可能會和這種人成為死黨？

「……而且先和你討論的話，後來可能就不會被阿鬼挑出毛病了。」

「我看阿鬼也沒多厲害，」他把腦子裡的思緒擱在一旁，深深呼吸，接住死黨的話，「我寫《站在我這邊》的時候也徵詢過他的意見，還是被你找到問題。」

「哦？」死黨好奇起來，「你也收到阿鬼的電子郵件？」

「不是，阿鬼有線上課程，我在社群平臺上看到廣告。」

「阿鬼的廣告？我沒看過。」

他覺得自己開始放鬆了，「我不知道演算法是怎麼回事啦。」

他點選筆記型電腦裡的加密文件檔，同時把詢問阿鬼的三個問題、阿鬼的回覆和他依據回覆做的設計，一一告訴死黨。死黨一面聽，一面快快地瀏覽加密文件內容，「阿鬼舉的這些範例來自哪本小說？我沒印象。奇怪……」

「我也沒讀過，連書名都沒聽過；」他聳聳肩，「不過我們就算讀了不少小說，還是有很多沒讀過的，這不奇怪吧？」

「嗯，我想去找來讀讀看；」死黨道，「我說『奇怪』指的不是那些範例，而是阿鬼的教學方式。這個文件檔裡講的是小說創作的元素、組成故事的架構，這沒什麼問題，事實上也沒什麼獨創見解，隨便哪本談創作的書裡都可以找到類似的東西，我們都讀過。就我和阿鬼接觸的經驗來看，阿鬼的特殊之處，在於他能從故事裡精準找出不符合那些基本原則、或有違常理的地方，調整之後，讓故事更完整。收費之後只提供這個文件，不大像阿鬼會做的事。」

「阿鬼也提供了三次諮詢機會；」他提醒死黨，「你覺得阿鬼提供服務不該收費？」

「收費沒什麼問題，如果阿鬼當時開口，我很願意把獎金匯給他；」死黨在胸前交叉雙臂，「你還沒寫完，詢問阿鬼時甚至沒有給他完整大綱，只是片段地問他要怎麼補強；而阿鬼的回覆其實有點籠統，雖然沒有錯，但對你的幫助並不具體。這和當時阿鬼已經讀完〈大大的小黃〉情況不同，而且那時他給我的免費建議和這比起來有用多了。」

「你覺得我被騙了？」

「這倒不是。我雖然覺得文件內容和意見都不夠好，但也沒有什麼錯誤；」死黨咧嘴笑了，「再說，至少阿鬼成功讓你開始寫作，這是件好事。」

「誰叫你後來不再催我？」他真的放鬆下來了。

「我擔心我得獎之後繼續催你，你會覺得我在炫耀嘛。」

是啊，死黨一直是站在我這邊、替我著想的好朋友嘛，「今後歡迎繼續催稿；」他說出與出版社編輯聯絡的經過，「我得努力把這本書寫完。」

「哇，太棒了！」死黨看起來是真心為他高興，「我還在寫〈大大的小黃〉後續，你也可以催我。」

「沒問題，保證催到你一看見我躲。」

「哈哈哈，」死黨笑得很開心，「還有，我想寫信問問阿鬼這個課程是怎麼回事？」

「你和阿鬼還保持聯絡？」

「沒有。」死黨收起笑，搖了頭，「給過我意見之後，阿鬼就沒再回過我任何一封電子郵件了。」

週五夜救火隊

03

我不想看來像要放手，我不懂你爲什麼放手；
我不懂我不想放手，我不懂我不想放手。

〈Friday Night Fire Fight〉
Aligns & Rubicones

Friday Night Fire Fight

會議室裡的氣氛很熱絡，她一方面覺得相當開心，一方面隱隱不安。開心的原因自然是她的腳本大獲好評。她自認交出非常用心的作品，但沒料到反應會這麼好——畢竟這是她第一次替遊戲寫腳本，嚴格說起來，這是她第一次從頭到尾寫完一個故事。

不對，說「寫完」還太早；她在心裡訂正自己：我真正寫完的是整個遊戲的背景故事，遊戲裡要交由玩家完成的各條任務主線支線，目前只擬出幾個大綱。得等這個會議結束了，匯集大家的意見，回去設法把那些意見都塞進遊戲情節裡，才算「寫完」。

她寫的遊戲腳本，叫《週五夜救火隊》。

乍看這個名字，會以為《週五夜救火隊》是個消防隊到各處火場、面對不同火況，要救人也要滅火的遊戲，遊戲的序幕，的確也從城中某消防局接到一通報案電話、緊急出動趕往火場開始。但等到消防車鳴著警笛衝到現場，消防員卻沒看見哪裡有火。

報案電話裡提及的失火現場是棟老舊大樓，名為「帝堡」；雖然名字很氣派，但其實是棟廢棄建築。

帝堡的屋齡已經超過四十年，是國內經濟起飛年代的建物，地下兩層，地上十二層，鋼筋混凝土結構，樓層坪數很大，當年絕對扛得起「帝堡」這個名號。地下二樓是停車場，地下一樓是美食街，地上各層則有百貨商場、電影院、冰宮、卡拉ＯＫ，以及出租辦公室。後來有部分業主把辦公室用木板隔間改成雅房出租，照理說建物使用變更得走合格的法律程序，但業主鑽了個法條漏洞沒去申請，直接把帝堡變成住商混合的大樓。

十餘年後，城裡商圈轉移，帝堡所在地段繁華不再，店家陸續遷出，沒有新的商號入駐，加上經濟環境變化，因為經營不善、投資失利而結束營運的商家也不少；因此之故，帝堡漸漸沒落，成為半廢棄的破舊大樓，餘下住戶大多是城裡的弱勢族群，也會有遊民出沒，甚至有些毒販將其當成交易地點。

再過十多年，帝堡失火。那場被稱為「帝堡大火」的火災奪走四十六條人命，是國內數一數二的重大建築物火災。事後調查，檢調查出帝堡大火主因並非建物老舊、電線走火之類意外，而是一名綽號「大王」的男子蓄意縱火；大王辯稱自己並未縱火，但在受害者家屬群情激憤下仍被判處死刑，幾年前已遭槍決。

火災之後，剩下的住戶也搬走了，帝堡正式變成廢屋。接下來幾年，城裡的政府機關都動過將帝堡拆除重建的念頭，但因為產權複雜，計畫一直遲遲無法進行。遊民和毒販仍會出現在帝堡當中，不過帝堡在相關文件上已經無人居住。

她鉅細靡遺寫下的這些背景資料並不會在遊戲一開始就一股腦地告訴玩家——她知道玩家不會有興趣看這麼多設定，也明白這麼做會拖慢遊戲的節奏，這些資料無論是用文字還是影像呈現，玩家都沒有真正「參與」遊戲，只能看不能動手，玩家很快就會放棄。

仔細列出背景資料的用意之一，是讓遊戲公司當中負責將場景視覺化的美術人員有所依循，將她文字裡的詭異大樓化為圖像，用意之二，則與遊戲真正的任務有關。

因為《週五夜救火隊》並不是讓玩家扮演消防員到處滅火救人的遊戲。

消防員們發現帝堡並無火災之後，紛紛認為報案電話是惡作劇，只是玩家操控的消防員主角主張該進入帝堡查看。有的消防員認為帝堡已無住戶，斷水斷電，不會有失火問題；但主角指出既然有遊民進駐，就可能用瓦斯或各種可燃物生火，以防萬一，仍應檢查。

一眾消防員進入帝堡各層查看，遇上遊民和一些看起來像黑道的可疑分子，但沒有發生衝突，也沒有看見任何火苗。檢查結束打算離開始，主角發現大門和窗戶都無法開啟，接著，主角一行開始遇上一些舉止和樣貌不大對勁的角色，然後驚覺那些角色並不是人，而是鬼。

主角遭遇鬼魂之後，玩家會以為《週五夜救火隊》原來是要消滅鬼魂、尋找出路的遊戲，但經過幾個轉折，玩家會察覺：《週五夜救火隊》遊戲真正的任務，不是消滅鬼魂，而是幫助鬼魂。

鬼魂原是當年帝堡大火的犧牲者，主角必須在帝堡的各個樓層各個房間中搜尋線索，完成不同鬼魂的不同遺願，協助鬼魂安心離開。搜尋線索的過程中有時得先翻找出藏在各處的道具，有時得發揮想像力利用消防員身上的原有工具，有時也得對付占據某些房間的遊民、毒販和黑幫分子。

而幫助鬼魂的線索，與鬼魂尚未死亡前的生活狀況有關——她細心安排的背景資料，會在這些時候一點一滴融進遊戲情節當中。

正因為《週五夜救火隊》的遊戲設計出人意料，所以她寄出腳本、接到遊戲公司的通知、請她到公司開會的時候，十分忐忑。

「喂喂，」她指著電腦螢幕上的電子郵件，「人家為什麼要找我去開會啊？」

「唔？」男友湊近她身後，快快瀏覽那封郵件，咧開笑容，「一定是他們覺得妳的腳本寫得很讚，要找妳去談後續合作細節啦。」

「是嗎？」她不敢這麼樂觀，「但是信裡沒說要採用我的腳本呀，說不定是他們認為這個腳本一看就知道是外行人寫的，想要當面看看是哪個笨蛋寫出這種東西、居然敢寄給專業的遊戲公司。」

「有哪家公司會這麼閒？」男友一臉樂天，「腳本如果真的不好，對公司來講就沒有用處，周到一點就回個客氣的信、找個理由說無法合作，簡單一點就乾脆不理會了，何必為了一個沒用的腳本多費功夫？更何況還特地把妳找去開會？這不可能嘛，安啦。」

「可是……」她覺得男友的想法常常過度正面，不過也找不出什麼反駁的施力點。

「妳就是太容易這樣想東想西，所以才沒事就把自己搞得很累。」男友補充，「不想待在先前的公司，不也是因為這樣的原因？」

男友說的是事實，她沒說話。

「如果妳真的擔心，」男友見她沒反應，換上安慰的口吻，「我先找朋友打聽一下到底是什麼狀況好了。」

「不要，」她搖頭，「你也不准向他提我的名字。要是被人家知道你認識製作人，人家就會覺得我的腳本是靠關係才被採用的。」

「妳又想太多了，」男友道，「難道妳在腳本上注明了這件事？」

「當然沒有。」

「好啦，我不會先打聽，妳也不用想東想西，就算腳本沒被採用也能看看遊戲公司裡頭長什麼樣子，蠻有趣的嘛；」男友道，「而且我有預感，他們是要和妳簽約啦。」

男友口中的「朋友」她沒見過，連男友都已經許多年沒和這個朋友聯絡。男友上個月參加了一個聚會，回家後興沖沖同她說在聚會裡遇見一個失聯多年的朋友，朋友在國外住了一段時間，去年回國，現在是遊戲公司的製作人。

「那時我和他感情很麻吉啊，」聚會回來那晚，男友神情懷念，「他失戀時我還陪他喝酒，替他出氣。後來他念完研究所出國，就逐漸失去聯絡了。話說回來，他本來就不是勤於保持聯絡的人。」

「你的研究所同學？」她問。

「不是，同一個社團。」

「念研究所了還混社團？」

「大學時同一個社團，變成朋友；嘿，這不是我要說的重點。」男友道，「他說他們公司預計開發新遊戲，正在找腳本，妳要不要試試？」

「不要，我又沒寫過腳本，試什麼試？」

「妳平常不就在社群平臺上寫影評書評？我覺得寫得很好呀；」男友笑著說，「離職一段時間了，找點事做也不錯嘛。」

她拗不過男友，上網查了那家遊戲公司，看見該公司正公開徵求腳本，心忖試試無妨。男友說製作人當時提過，徵選時主要看的是背景故事的設定和後續發展大綱，不用把整個遊戲怎麼進行全設計好——「遊戲的部分有專人負責，製作人也會協助，」男友道，「妳只要先想好那個基礎背景就可以了。」

這事做起來比想像中麻煩，幸好她找到了一個有力的輔助資源；完成背景設定之後她知道自己很認真，但沒什麼被順利採用的自信。

現在到了遊戲公司，她在會議裡聽到不少關於情節行進的想法，一面筆記一面在心裡讚嘆專業人才果然有料，同時也增加了信心——她明白那些情節都是從她提供的基礎開始發展的，顯見公司確實認可她寫的《週五夜救火隊》。

可是她仍隱隱不安。

坐在會議室角落的製作人一直沒開口。

「老實說，我沒看過哪份腳本把背景資料設定的這麼清楚；」遊戲公司經理大力稱讚，「查了不少資料吧？」

她點點頭。

「而且妳連大王怎麼被查到、被捕後怎麼辯解，以及最後受審的經過都寫出來了，真的很厲害，這簡直可以出書了！」經理的笑容咧得很大，「對了，我們可以找出版社合作，在推出遊戲的時候一起出版小說，把聲量拉到最大！我們先前找過一個作家來上課，講故事組成元素什麼的，製作人，待會兒去問問他有沒有興趣幫忙潤潤這個故事？啊，算了，不用那麼麻煩，我覺得腳本寫得很好，妳自己改寫成小說應該也沒問題，可以吧？」

啊？自己要莫名其妙變成作家了？她心裡訝異，但還是點點頭。

決定要寫腳本的時候，她自知對遊戲的進行方式沒有什麼概念，所以策略就是盡力把基礎背景寫完整；可是雖然擬定了這個方向，她還是不知道該從何下手。

直到她在社群平臺發現一則線上課程的廣告。

那個線上課程教的主要是小說創作，不過廣告說明提到，無論是小說、漫畫、影集、電影還是有劇情的遊戲，故事的組成都是一樣的，有基本元素，有架構原則，只是需要因應不同表現形式，選擇使用不同的專業技術。她想了想自己讀小說和看影集的經驗，認為真是如此。既然這樣，這個線上課程對她創作遊戲腳本應該也有助益。

線上課程的講師自稱「阿鬼」，她沒聽過，但費用不貴，不妨試試；課程沒有錄影教學，而是提供講述創作方式的加密文件，以及三次以電子郵件詢問講師意見的機會。她付費後收到文件檔，本來以為會是難讀的文學理論，沒想到內容簡明易懂，列出的準備工作及創作建議她都覺得挺實用的；她在翻查資料、寫出背景故事的大略想法之後，挑了三個自己認為該加強的部分詢問阿鬼，收到的回覆也讓她覺得很有道理。

結果現在這個故事真的會變成小說？不知道阿鬼會怎麼想？她覺得有趣，剛要微微泛笑，瞥見坐在角落的製作人，上揚了一點點的嘴角又癱回到原位。

經理雖然說了不少好話，但製作人依舊沒有開口。

她心裡隱隱的不安還在那裡——她擔心製作人會挑腳本的毛病。更糟但機率更高的情況是，製作人會看起來像在挑腳本的毛病，實際上是在挑她的毛病；就算腳本沒有問題，製作人也會製造出問題，因為腳本是她寫的。

因為製作人是她大學時代的男友。

早知道就該先問問製作人的名字；她在心裡怨怪自己。

但現實裡哪有什麼「早知道」的事？男友隨口提起聚會那晚，其實是要告訴她徵求腳本的機會，沒有多談製作人，她也沒想過要問。把腳本寄到遊戲公司之後，回覆聯絡的窗口不是製作人，電子郵件裡也沒出現過製作人的名字。她不熟悉遊戲公司的作業流程，壓根兒沒想過自己得到遊戲公司開會，也沒想過會見到製作人。

現實裡的確沒有什麼「早知道」的事。大學時代她結束戀情的狀況也是如此。

當時製作人是和她同校、高她幾屆的研究所學長，做事有條有理，個性安靜嚴肅，剛交往時她覺得生活大小事都被打理得妥適穩定，十分舒服，過了一陣子之後慢慢開始有點無趣。尤其是她向學長聊起一些日常遇上的問題時，無論講的是哪個教授的無理要求、哪些同學的偷懶胡混，還是逛街看展時見到的荒唐行徑，學長的回覆都是理性至上的分析——告訴她那些心理學名詞和社會學研究做什麼啊？她需要的僅僅是有人聽聽她的抱怨、陪她一起罵上幾句而已嘛。

分手前夜兩人爭吵的原因她已經記不起來了，其實在那晚之前，兩人之間的氣氛已有好一陣子不大對勁。吵完架她嚷著要分手，趕走學長，自己在住處生悶氣，接近半夜時收到學長傳來的簡訊，本來以為是求和，或者至少該是如常地分析爭執的對錯，沒想到內容讀來分明就是恐嚇，「妳敢分手試試看！我跟妳玩到底！」

她不知道學長會講出這種話——要是早知道，她就不會和學長交往。即使爭吵時說分手有一部分是氣話，接到這樣的簡訊，分手就成了必然。

隔天起她開始謹慎地躲著學長，偷偷準備搬離住處，只是擔心仍在同一所學校，學長還是可能找得到她。不過學長倒是沒再聯絡，靜悄悄的，彷彿從沒在她的生命出現過。

學長那時就常玩電腦遊戲，我怎麼會沒想起這事？她心下懊惱：但就算想起來又怎樣？又不是每個玩遊戲的最後都會變成製作人！

「如果我們順利簽約的話，」會議室裡美術總監的發言拉回她的思緒，「是不是方便把妳查的資料整理給我們？我們製作畫面時可以參考。」

「好。」她在筆記本上寫下這點，也注意到「順利簽約」這四個字——對，經理再怎麼稱讚她的腳本，都還沒有提到簽約的事；還沒簽約，她的腳本就還不算正式入選。

「對，簽約。」經理接話，「關於這個，我們製作人對腳本有些看法，想和妳當面討論一下。討論過了如果沒問題，待會兒就可以簽約啦。」

「討論需要一些時間。」製作人首次開口，「請大家先去忙吧，我來就好。」

看吧；她在心裡對自己說：果然是想找我麻煩，他看出我把分手簡訊的事寫進腳本裡了。

帝堡大火的火場中找到四十六名死者，逃離火場的傷者有四十三名，加上當時不在場的住戶及受害者家屬，人數眾多；如此重大的火災，自然會引起社會各界的重視。面對輿論關切，檢調沒有輕忽，除了縝密的火場鑑識，也積極約談相關當事人。

經過鑑識與約談，檢調慢慢釐清了失火原因。

最早發現失火的是凌晨下班返家的計程車司機阿榮。阿榮在帝堡附近停了車，步行回到帝堡，一進門就聞到有東西燃燒的味道。帝堡住戶有人曾在大樓裡頭燒金紙，有些住戶雖然覺得不大安全，不過就只是口頭勸勸，沒有發生過激烈爭執——住在這裡的都是些辛苦人，大部分會相互體諒。

阿榮原來以為又有人在燒金紙，但一來覺得大半夜燒金紙似乎有點古怪，二來覺得那個味道聞起來不大像金紙燃燒的氣味，於是想要看看是怎麼回事。在一樓巡了一下，阿榮發現煙霧，循著煙霧前進，來到小青的房間門口，看見沒亮燈的室內，沙發上有團火光。

小青的房間是帝堡內眾多以木板隔出的雅房之一，房內沒有衛浴設備；阿榮匆匆到公共廁所找水桶接水，提著水桶衝回來的時候，發現火勢已經擴大。阿榮明白自己這麼做來不及滅火，扯開喉嚨大喊，要住戶報警逃命；帝堡附近幾棟建物裡也有居民發覺帝堡竄出火光，有人馬上報警，有人朝著帝堡大叫。

事後的火場鑑識指出，小青的住處應該就是起火點，無法確認是什麼在沙發上燃燒，火苗原初可能不大，但室內堆積的雜物、木製隔板和裝潢都是易燃物，所以起火範圍擴延後變得難以收拾；雅房空間局促，小青還在房裡放了小型瓦斯爐，火舌接觸瓦斯之後引發爆炸，波及戶外停車區域，產生另一次爆炸，進一步助長火勢。

小青當時不在帝堡。綜合數名證人的證詞可以得知，那晚有風，小青的雅房裡頭悶熱但走廊涼快，小青與幾個朋友坐在門外的走廊喝酒聊天，其中包括小青的男友大王。閒聊之間，小青與大王爆發劇烈的言語衝突，不歡而散；小青和朋友離開，獨留大王坐在原處喝悶酒，幾個路過的住戶還和大王聊了一下。大王和小青吵架在帝堡不是新聞，比較熟一點的鄰近住戶都聽過見過；有的住戶勸大王不要太計較，哄幾句就沒事了，有的住戶勸大王不要太執著，不合適的話早早分手對大家都好。

那些住戶都沒看見房裡有火光，倒是有個住戶想起，當時大王說看到附近有一戶在燒金紙、在大樓裡燒金紙很危險之類的事。

沒人注意大王什麼時候離去——最後一個和大王聊天的住戶說聊的時間應該是凌晨一點多，阿榮發現失火的時間接近凌晨三點，所以大王是一點到三點間走的。那時小青的沙發還沒著火，否則大王就會發現，先把火滅掉。

或者，火就是大王放的。

警方找到小青，小青說那晚離開後到朋友家繼續喝酒，凌晨兩點多曾接到大王的簡訊，恐嚇她「妳敢分手試試看！我跟妳玩到底！」，所以覺得很害怕，留宿在朋友家裡，沒有回到帝堡。

恐嚇簡訊加深了大王的縱火嫌疑——檢調認為大王可能為了洩憤，離開前故意把鄰近住戶留在房間外的金紙餘燼倒在小青的沙發上，引發火災。而且調閱紀錄發現，大王曾經有縱火前科。

大王到案說明，先說自己當天兩點多離開帝堡、回到自己住處，這點符合推測，再說自己並未與小青爭吵，這點就與多名證人的證詞相違。警方表示小青收到恐嚇簡訊，大王改口說兩人只是有點口角，他喝醉了，心情又不好，才會傳那種簡訊；警方問起傾倒金紙的推論，大王堅決否認，反倒提起小青會在房裡點沉香驅蚊，可能是小青後來回家點香，結果出事之後自己跑了。

小青的友人證明小青那晚沒回帝堡。小青說自己從不在房裡點沉香，房裡太悶了，沉香一向都放在門口。

大王的辯駁被一一攻破，警方判定火災起因就是大王傾倒金紙餘燼。帝堡住戶與受害者家屬群情激憤，大王因刻意縱火、造成重大傷亡而被判處死刑，在《週五夜救火隊》遊戲設定的起始時間前一年槍決。

《週五夜救火隊》裡，大王是她設計的最終魔頭。玩家主角一一協助帝堡鬼魂之後，必須面對死後仍占據帝堡、奴役所有鬼魂的大王。解決大王之後，帝堡眾鬼才能真正安息。她選用「救火隊」而非「消防隊」當遊戲的名字，是想透過「救火」二字，傳達「拯救火災亡者」的真正用意。

「首先，我該說好久不見。」會議室只剩下她和製作人，製作人的聲音聽起來像從前一樣，不慍不火，很平靜，「我想問問妳的近況，這幾年過得如何；不過現在要談的是公事，得先討論妳的腳本，如果以後妳願意給我機會的話，我們再敘舊。」

給你什麼機會？我們沒什麼舊好敘的啦；她在心裡嘟囔，集中精神：要討論腳本就來吧，剛才的會議裡大家都覺得腳本很棒，我也寫得很用心，看看你能找出什麼藉口挑毛病。

「經理很喜歡妳的腳本，不過是我拖著沒走簽約流程；」製作人道，「因為我認為腳本有個問題，想和妳先討論。」

我就知道這個會議是你故意安排的；她心想：討論什麼？你就是想公開說我寫得不好啦！

「腳本的問題是，」製作人輕輕吁了口氣，「我認為大王不一定是凶手。」

「什麼？」她不自覺喊了出來。大王當然是凶手——啊，對；她想：一定是你發現大王傳給小青的恐嚇簡訊，用字和當年你傳給我的一模一樣，覺得我在影射你，所以不高興對吧？不高興又如何呢？除了大王，我的設計裡不可能有其他角色引發火災嘛。

「我不是說大王一定不是凶手，我說的是『不一定』，」製作人的音調沒變，「講得準確一點，是我認為檢調定罪的證據不足，用那些證據判大王死刑，沒法子說服我。」

「哪裡不足？」她控制住自己的音量。

「例如證人。」

「不可能！」她的音量失控。

「證人」是她詢問阿鬼時獲得的第一個建議。

阿鬼指示，要建立無可挑剔的犯罪事實，就得在調查過程找到合格的證人——如果目擊犯罪過程那證詞就很有力道，與罪犯接觸過或因故進入犯罪現場也不錯；這樣的證人最好不只一個，彼此不會因為某個利害關係串供，如此一來，證詞疊加起來就會有足夠的說服力。

帝堡大火發生在深夜，沒人親眼目擊犯罪過程，不過她安排的證人角色都符合「與罪犯接觸過」或「因故進入犯罪現場」的條件，也不只一個、沒必要串供。多名帝堡住戶和大王聊過，有人聽到那晚大王與小青的爭吵，人人都知道這對情侶時常吵架。當天和大王聊過的住戶及後來下班回到帝堡的阿榮縮小了大王犯案時間的範圍，也能切實描述大王的個性——這些證人很合格，怎麼會有問題？

「哪個證人有問題？」她清清喉嚨，「阿榮？」

「我一開始注意到的就是阿榮。」製作人承認，「他從帝堡外頭回來，聞到味道看見煙霧，然後找到小青的雅房，發現沙發上有火光——阿榮會不會看錯了？火其實不在沙發上？妳寫室內沒亮燈，應該看不清楚擺設，火會不會是在其他地方燒起來的？但因為某些原因，例如鏡子之類，讓阿榮看起來像是在沙發上？」

「但阿榮後來提水桶回來滅火，」她不同意，「就算他本來在雅房外面會看錯，進了雅房後也不會看錯。」

「是。讀到救火那段後，我也認為阿榮的證詞可以採納。」製作人沒有反駁，「可是阿榮的證詞無法指出縱火者是誰，只能和鑑識證據一起證明起火點是沙發。而其他證人的證詞，並沒法子認定大王縱火。」

「那些證詞有什麼問題？」

「我說的是『不足』，不是有問題。」製作人道，「最後一個和大王聊天的住戶說聊天的時間是凌晨一點多，阿榮發現火災的時間接近三點，大王自承兩點多離開，這些時間都對得上，沒有問題。聊天的住戶都沒看見沙發上有火，所以火一定是大王離開後、阿榮發現前燒起來的，這也沒有問題。但這無法證明火就是大王放的。」

「為什麼？」

「因為變數太多了。例如附近有人燒金紙，既然當晚風大，會不會是餘燼被風吹進去的？」

「不可能，大王離開前把門關起來了。」她知道自己沒寫這個細節，不過這不是什麼無法修正的缺漏。

「那小青的友人呢？雖然友人證明小青留宿的事，但我們不知道小青是否整晚都在友人家裡。假設小青在友人入睡之後回到帝堡，真的在雅房裡燃香驅蚊，然後去便利商店買東西，結果回來之後發現沉香掉到沙發燒起來了，一時慌亂，於是又跑回友人住處睡覺，沒料到釀出大禍，所以後來矢口否認自己回去過，這也說得通。或者友人其實知情，但包庇小青，作了偽證。」

「太複雜了。」她察覺製作人把大王的供詞視為事實，做出推論，很故意嘛：「小青沒在室內燃過沉香。如果你要說證人可能說謊，那推論根本沒完沒了。」

「把所有證人的證詞都視為實情，還是不足。」製作人道，「因為沒人確定從大王離開到阿榮發現中間的這段時間，還有誰進過小青的雅房。」

「我不是說大王關門了嗎？」

「如果大王關了門，阿榮如何能從雅房外面看見沙發上的火？雅房門上有洞？

這好像有點怪。」

「呃……」

「假設大王關了門，而阿榮從門上的氣窗之類東西窺見沙發著火，這就有可能；」製作人居然替她想出解釋，但隨即又出了一招，「就算如此，還是可能有別人進入雅房，帝堡肯定門戶不嚴，或者大王根本沒鎖門。」

「為什麼？」

「不然阿榮是怎麼進去滅火的？」

她愣了一下，幸好馬上想到說法，「救火心切，阿榮是撞門進去的。」

「是，我也會這麼解釋。」製作人道，「我只是指出，以目前的內容來看，證人的證詞還有不足。如果要讓大王成為罪證確鑿的凶手，妳必須再補一些東西，證明在大王離開後，絕對不會發生金紙餘燼飄入室內、小青返家，或者有其他人進入那間雅房的情況。」

她點點頭——雖然不是很甘心，但她明白製作人說的有理。

「『不足』的狀況，」製作人續道，「也發生在火場鑑識的部分。」

她差點又要大喊「不可能」——不過這回克制住了。

「鑑識」是她詢問阿鬼時獲得的第二個建議。

阿鬼指示，要讓犯罪事實無懈可擊，最重要的是科學實證——人會說謊，證據不會。為了描寫實證，她查找了許多相關資料，包括火災的分析報導、火場的鑑識報告、消防員的訪談和各種說明影片，詳細敘述小青的雅房格局、屋內雜物擺放的位置，確認從起火點開始，火舌會依序找上哪些易燃材質、進一步擴大火勢。除此之外，她也簡單畫出帝堡樓層的示意圖，指出從低樓層雅房內引發的火苗，會從什麼路徑延燒到室外，爆炸後的火場會如何包圍整個樓層，並且從樓梯間造成煙囪效應，使較高樓層的住戶無法向下逃離，被濃煙困住，難辨方向，窒息身亡。

此外，事發時間她也依照查到的資料安排——金紙餘燼不是太大的火源，在沙發上不會燒得太快，要等燒到附近的其他易燃物才會瞬間擴大火勢，所以她在大王縱火和阿榮發現中間插入半個多小時，為的就是讓沙發上的火有時間燃燒。

事實上，因為查了太多資料，這部分的腳本寫到一半，她就覺得把這些東西全寫進去實在太瑣碎，讀起來可能令人不耐煩，但又不希望查了資料沒用上，於是先簡化了腳本內容，再把這些資料另外整理成一份附錄。

寫得這麼詳細還嫌不足？她想：製作人一定是沒讀附錄。

「我查了非常多火場鑑識的東西，全都放在附錄裡；」她認為製作人沒法子在鑑識部分挑出問題，「你先讀讀附錄，看有什麼需要放回腳本的，我再處理。」

「附錄我讀過了，整理得很清楚。」製作人的表情理所當然，「大多數內容的確不需要放回腳本，如果真要出版小說，才需要再想想哪些細節應該保留，哪些刪去無妨。不過那份附錄對美術組很有用，妳很仔細地寫了鑑識人員進入火場時看到的情況，包括家具燒毀的樣子，以及現場殘餘的物件，他們可以依據你的描述做出相當符合現實的場景。」

「那還有什麼不足？」她聽不出來要補充什麼——製作人分明是在誇獎她勤查資料十分用心。

「不足的是，火場鑑識可以確定沙發就是起火點，」製作人道，「但還是沒法子確定縱火的是大王。讀完腳本和附錄之後，我也找了一些火災相關的報導，肯定沒有妳讀的多，可是我發現，火場鑑識可以精準判斷出火是怎麼開始燒的、沿著什麼路徑燒的，或者因為現場的哪些物質或格局，造成什麼樣不同的火焰特性，卻很難完全鎖定縱火者。要找出縱火者，得靠其他調查輔助。否則的話，就算鑑識人員在火場找到一個燒了一半的塑膠打火機、上頭有大王的指紋，也確定打火機就是起火點，都很難因此肯定大王就是縱火者。」

「啊。」她聽懂了製作人的意思，「所以，我應該把證人部分寫得更完整，讓某個證人看見大王拿了燒金紙的桶子進入小青的雅房，也確定大王離開後不會有人進入雅房，就可以解決這個問題。」

「是。此外，鑑識部分妳還得補充一點東西。」

「什麼東西？」

「妳寫到鑑識人員在現場發現沉香粉。」

「對，小青會用沉香驅蚊。」

「但妳沒寫現場有沒有金紙。如果大王把另一戶的金紙餘燼倒在小青的沙發上，現場應該也留有殘跡。」

「金紙那種東西燒過之後就找不到了吧？」

「我認為應該化驗得出來。倘若檢調認為大王縱火的方式是傾倒金紙，就不該光憑推測，應該用實證找出現場的確有金紙。」製作人道，「最重要的是，妳寫了沉香粉但沒寫金紙，所以才讓我認為小青的確有可能在雅房裡燒沉香。」

說來說去你就是不想讓大王當壞蛋嘛；她心裡哼哼笑了一聲，「小青沒說謊啦。」

「是。我讀得出來，妳的腳本裡唯一會說謊的角色是大王。」製作人道，「角色設定是第三個不足之處；講得準確一點，是角色設定很充足，但反倒使情節出現不足。」

她不想喊「不可能」了。

「角色」是她詢問阿鬼時獲得的第三個建議。

阿鬼指示，犯罪，特別是重罪，並不是大多數人行事的合理選項，所以描寫犯罪者時，得小心設定犯罪者的個性，無論犯罪者是天生壞胚子還是普通老百姓，都得讓讀者在閱讀時覺得犯罪者在決定犯罪時是「合理」的——即使以外人的角度看不見得完全合理，犯罪者也會有一個對自己而言合理的動機。

除了犯罪者之外的其他角色，行事也必須合理；功能性的角色——例如腳本裡只負責提供證詞的住戶——比較簡單，他們的戲分不重，但牽動情節的主要角色就很要緊，他們面對事情時決定的應對方式，會左右情節推進的方向，而他們的決定得要合理，才能讓讀者接受「對，這個人現在會這麼做」。

要達成這個目的，就得在角色設定上下功夫。

因此之故，她在塑造三個主要角色的時候費了不少心思。

首先是玩家控制的遊戲主角。這個角色既大膽又仔細，而且情懷悲憫，極具同理心，所以在其他消防員認為帝堡沒有住戶、報案電話是惡作劇的時候，才會因為擔心遊民的狀況，堅持要進帝堡查看，引發後續情節。進入帝堡、遇見鬼魂之後，也需要這樣的角色，才會發覺真正的任務不是逃離鬼魂或消滅鬼魂，而是協助鬼魂。

再來是大王。大王在城裡另有住處，到帝堡找小青時常常趾高氣昂，覺得自己比帝堡住戶高出一等；但事實上大王也不算什麼人生勝利組，年輕氣盛時做過不少蠢事，包括留下案底的縱火事件，後來幾回投資經商都不成功，人過中年依然沒什麼成就，只有年輕時的自命不凡和強烈的支配性格從一而終。

最後是小青。

小青只出現在遊戲的背景故事裡，和遊戲本身關係不大，但她覺得小青和大王的關係是帝堡大火的關鍵，所以不能輕忽這個角色。小青頗有姿色，可是人生道路坎坷，愛交朋友，從沒遇過好男人；現在容貌雖然沒有年輕時那麼漂亮，腰身也寬了不少，但還是很受帝堡住戶們的歡迎，人緣不錯。

遇上大王時，小青認為大王的社經條件比較穩定，值得經營長期的關係；不過時日一久，小青發現大王沒有他自己吹噓的那麼了不起，加上控制欲又強，並不符合小青好交朋友的個性，心裡盤算應該分手——小青常有逃避心態，這是她很多工作無法持久的原因，而且因為先前多次失敗的戀愛經驗讓小青懂得自己很難改變男人的觀念，特別是大王這種喜歡強調自己男子氣概的大男人主義者。

小青瞭解大王的性格，才會在爭吵之後選擇自己和朋友離開住處，而非將大王趕離帝堡——雖然小青才是帝堡住戶，但她明白倘若趕走大王，大王一定會覺得面子掛不住，畢竟有不少住戶都看見他們吵架，先離開的人看起來就是理虧吵輸了的人，小青覺得自己無所謂，但認為大王不會覺得無所謂。

這三個角色都是為了情節設定出來的，她不認為角色反倒會讓情節「不足」。她承認製作人先前指出的兩個「不足」都自有道理，但說她連角色設定都沒做好？她無法服氣。

「玩家主角沒問題，我覺得設定很好，這個角色可以有效地推進遊戲發展。」製作人道，「有問題的，是大王和小青。」

「為什麼？」

「先看大王。」製作人道，「在妳筆下，大王是很明顯的壞蛋。他有縱火前科，控制欲強，和小青吵架很多次——雖然不知道那些爭吵誰是誰非，但吵完架傳簡訊去恐嚇女朋友，這行為本身就相當糟糕。而且他還在警方偵訊時說謊，怎麼看嫌疑都很大。」

你也知道不該傳恐嚇簡訊嘛；她在心裡嘀咕，可是製作人提到這事的時候表情沒什麼變化，難道已經忘了自己也做過一模一樣的事？

「但是看看時間：」製作人道，「我們不知道小青和友人幾點離開帝堡，只知道一定早於凌晨一點，因為一點多時有個帝堡住戶和大王聊過，而在那之前，另外還有幾名住戶也和大王聊過天。假設小青是十二點半離開的，或者更早一點，例如十二點或十一點，然後大王是兩點多走的，在這幾個小時裡，大王的氣還沒消嗎？我覺得在沙發上倒金紙這個動作有點像一時衝動的洩憤，吵架後已經過了幾個小時，也有人和大王聊過了，大王還會這麼衝動嗎？」

「很難說，但我覺得大王就是這種人。」

「的確有可能，我只是認為難以確定。」製作人沒有正面反駁，「如果大王更早行動，例如小青一走他馬上就去倒金紙，那可能性就會增加。」

這麼做和大王聊天的那些住戶就不用登場了，證詞也就會少掉一大半，想起來改動會很麻煩，她沒說話。

「再看小青。」製作人續道，「小青遇事就想逃避，所以會主動離開住處。不過也就是因為這種個性，讓我想到如果火災是她不小心引起的，她就很可能會逃離現場，事後發現惹出大麻煩，當然不會承認。」

她知道製作人指的是方才「小青返家燃香、不慎引發火災」的假設。「我剛說這個假設太複雜了。」

「或者是另一種情況：」製作人想了想，「大王氣消了，臨走前想討好小青，所以替她在家裡點沉香驅蚊，沒注意沉香掉到沙發就關門離開了。」

「氣消了就不會傳恐嚇簡訊了啦；小青兩點多接到簡訊，所以那是大王離開前後傳的。」她覺得有點煩，「而且你這麼說，縱火的就仍然是大王嘛。」

「是。」製作人輕輕點了點頭，「這麼一來，縱火的仍是大王，可是並非蓄意縱火，過程也與檢調的認定不同。」

「但就是他嘛。」

「是。我一開始就說『我認為大王不一定是凶手』。」製作人道，「大王很有可能是凶手，只是在我看來，腳本裡的證據並不足以將大王完全定罪。」

你一開始說的明明是「討論需要一些時間」；她在心裡反駁，接著一驚：我為什麼挑剔這種小事？難道才講幾句話，我就被這傢伙那種字斟句酌、在每個小環節挑毛病的習性影響了？對，仔細想想，你講得再有道理，就還是在我的腳本裡找些小地方挑毛病而已，這些東西都沒什麼大不了的，要改也用不著花太多力氣，你就是針對我、沒事找事嘛！「所以？你認為我不該把大王判死刑？」

「不是。」製作人眼神有點困惑，「我說的是大王可能是凶手，但在法律層面上還沒法子證明。妳提到死刑，那麼我會認為這樣的判決太草率了。」

草率？我找了那麼多資料、花那麼多時間寫寫改改，這叫「草率」？「喔，」她哼了一聲，「我不知道你還是個反對死刑的進步人士。」

「死刑是個大題目。」製作人微微皺眉，語調依舊平靜，「我從前沒仔細想過，出國後才接觸到相關議題，回國後參加過一些講座。我的確傾向廢除死刑，不過我很難自稱是進步人士，這議題牽涉很廣，我認為還有很多層面我沒考慮清楚。不過，在剛才的討論裡，我談的並不是死刑存廢的議題，而是『沒有足夠的證據判大王死刑』這件事。」

「我覺得殺掉四十幾個人當然該處死。」

「但大王很可能不是故意的。」製作人道，「大王有縱火前科，倘若蓄意縱火，應該會選擇更有效的手法，而不是把金紙倒在小青的沙發上——這動作看起來比較像是洩恨，大王甚至可能沒發覺金紙還有餘燼未熄，倒金紙只是想讓小青清理起來很麻煩而已。」

「就算大王不是故意的，也是過失致死，而且是一口氣害死了四十幾個人，被槍決活該。」

「是。如果法律如此規定、法官如此宣判，那麼大王就得面對這個刑責。」製作人道，「也因為妳寫的背景故事裡提到死刑，所以我才認為應該更仔細處理，把所有的證據都指向大王，甚至加入更實際的物證，才能判處死刑。死刑代表國家的權力當局，使用全民賦予的合法權力，去殺掉一個人——這就等於是這個社會裡的每個人都同意應該把這個人殺掉。要這麼做，不審慎是不行的。妳寫的腳本很棒，只是這個部分還不夠，需要再補強。」

說理說不過製作人，只會愈說愈氣，就像當年他們還是男女朋友的時候一樣；她改變策略，「但不處死大王，怎麼平息受害者家屬的怒氣？」

「我不知道。」製作人很坦白，「我可以想像受害者家屬很生氣，但永遠不可能真的理解他們的痛苦，也不知道該怎麼安慰。但反過來想，死刑，甚至所有法律條款，存在的目的並不是為了平撫受害者的情緒。法律條文也不可能完全合理地補償受害者的損失或身心創傷，舉例來說，有個小偷偷了帝堡住戶一千元，那個住戶可能會一個禮拜沒錢買東西吃，如果是偷我一千元，那大概是我兩天的伙食費，如果偷的是國內首富呢？對首富而言根本無關痛癢。在法律上，這個小偷犯的罪是一樣的，對受害者來說，卻完全不一樣。即使是同一個受害者，也會有很多不同狀況；在這城裡偷我一千元，我可能跑趟超商領錢就好，在荒山野嶺偷我一千元，我不僅沒法子這麼解決，還可能因為沒錢坐車而得長途走路結果扭到腳受了傷。在法律上，這個小偷犯的罪是一樣的，對我來說，被偷一千元遇上的麻煩卻完全不一樣。帝堡的受害者家屬也是如此。假設有個受害者家屬認為對大王最好的處罰不是死刑，而是讓大王每天都被火燒一次身體的某些部位，這樣這個受害者家屬才能消氣，難道法律也該這麼做？」

「你這根本是詭辯！」講什麼長篇大論？她的音量大了起來，「處死大王，才能告慰受害者的在天之靈！」

「如果處死大王有這種效果，」製作人靜靜地問，「大王為什麼還會變成折磨帝堡眾鬼的最終魔頭？」

她張開嘴，但不知道該說什麼。

大王是她腳本裡的唯一壞蛋，寫腳本時用這個角色來當最終魔頭合情合理，但製作人這麼一說，倒變成完全不合邏輯——倘若處死大王是對死者最大的告慰，那麼鬼魂們根本不需要在帝堡盤桓不去，遑論還反過來被變成厲鬼的大王奴役。

「想想，如果大王被槍決之後也變成鬼，」製作人道，「這個鬼應該會被帝堡眾鬼聯合制裁才對，例如成天被圍毆之類。」

這是什麼搞笑情節？我的腳本才不是這種東西！「你不想用這份腳本就明說，」她不耐煩地道，「不用講這些有的沒的取笑我！」

「取笑？我沒這意思。」製作人道，「我說腳本很好，只是……」

「不要再『只是』了！你就一直在『只是』！」她吼出來，「你發現我把你的簡訊寫到壞蛋身上，所以不喜歡這份腳本，還故意把我叫到公司來找我麻煩！」

「等等。」製作人臉上第一次露出訝異的表情，「什麼簡訊？」

「我們分手那晚，你傳了簡訊恐嚇我！」

「沒有。」製作人搖頭，「那晚的事我記得很清楚。我們吵了架，我一個人回到住處，有個朋友帶了啤酒來找我。我一向不把私事告訴別人，但那天情緒實在很低落，加上酒精，所以很難得地對他訴苦，最後喝醉就趴在桌上睡著了，還是朋友要走的時候叫醒我，我才躺回床上的。我絕對沒有傳簡訊給妳。」

「那我收到的簡訊是怎麼來的？」

「妳真的收到恐嚇簡訊？」

「騙你幹嘛？」

「真的是我傳給妳的？會不會是其他人？某甲要傳恐嚇簡訊給某乙，結果選錯收件人、誤傳到妳的手機？」

「哪有這種事？就是你的手機傳來的！」

「唔。」製作人想了想，「雖然無法確定，但我想到一種可能。」

「什麼可能？」她認為製作人提不出任何有力的解釋。

「那晚我向朋友訴苦，他說要幫我出氣，我說不要這麼做；但我喝醉之後，他可能會用我的手機傳簡訊給妳。」製作人道，「這個朋友玩心很重，喜歡到處找樂子，和我完全不同。他應該知道我發現會不高興，所以傳完就把簡訊刪了。既然他不想讓我發現，自然不會告訴我，我也就一直不知道這件事。」

製作人不帶情緒的語氣讓她冷靜下來，而且這猜測聽來的確比「一向安靜自律的男友居然會傳恐嚇簡訊」來得合理。

「那你隔天為什麼沒找我？」她問。

「因為我認為妳氣消了之後會想通我們沒必要吵架，就會和我聯絡……」

「我們那天為什麼吵架？」她打斷製作人。

「那晚我們去一家餐廳吃飯，女服務生打翻醬汁，弄髒妳的新洋裝，妳當下沒發脾氣，但我送妳回住處之後妳就爆發了，一下子說對方笨手笨腳不夠格當服務生，一下子說對方是故意的；我說那是家新餐廳，對方可能剛上班還很緊張，或者因太累了精神不好，妳說我一定是因為對方長得漂亮所以護著對方，我說我只是就事論事地提出幾個可能……」

「好了好了，」她再度打斷製作人，過去的自己聽起來實在無理取鬧，但她心知製作人講的很有可能就是事實，「我隔天沒聯絡你，但你也沒找我呀！」

「因為妳說要分手，如果氣消了仍然不想和我聯絡，那就是真的要和我分手了。」製作人道，「我不想強求，也知道自己的個性說不出什麼安慰妳的好聽話；我不想讓妳感到困擾，所以從那天開始，就盡量不在妳可能會去的地方出現。」

分手經過當年覺得好嚴重，現在覺得好愚蠢。她沒說話。

難怪自從分手那晚之後，他們就不曾在校園或周邊區域遇見彼此——她一直以為原因是自己小心地避開對方，沒想過是對方細心地避開自己；但自己避著對方的理由是怕對方是恐怖情人，事實上對方體貼得很。

過了一會兒，製作人打破沉默，「說不敘舊，倒是不小心敘了會兒舊。不談那些了，先完成公事吧。」

「我以為……」她囁嚅，「我進會議室時看到你，以為你發現腳本是我寫的，所以故意把我找來當面挑毛病，當眾給我難看。」

「真要那麼做，我就不需要把同事支開。」製作人道，「況且我真的覺得妳的腳本很不錯，我很想把它做成一款又有挑戰性又有劇情內涵的遊戲，所以需要更仔細點才行。」

她忽然記起許多年前那個爭吵的晚上，她否定製作人所有替女服務生想到的解釋時，製作人曾對她說過，她的表現是某種……那時是怎麼說的？「確認偏誤」？對，就是這個——製作人說，因為她已經有某種認定，所以無論後續接收哪些新資訊，只要和原初的認定不同，她就會否定那些新資訊，就算再有道理也一樣。

不該這樣的。無論是面對人，還是面對這個腳本。

「我會改腳本。」她抬起眼睛，「你剛說的我都記住了。」

「或許不用改。」

「但你剛講的那些……」她不明白，「不改的話，背景故事就不夠完整呀。」

「我想到一個方法，」製作人微微笑了，「不用更動目前完成的部分，把一些東西加進妳列出的那些任務大綱裡，效果更好。」

啊？

「大王仍然被槍決了，也仍然是遊戲的最終魔頭。」製作人說明，「但大王其實是無辜的，帝堡大火就是個意外，起因是大王離開時幫小青點了沉香，也關了門，但沒注意到氣窗開著。風吹進氣窗，把部分燃燒的沉香捲到沙發上，過了半個多小時，阿榮回來時循著煙霧找到小青門外，跳起來透過氣窗看見室內有火——這樣可以解釋阿榮為什麼能看見雅房裡的狀況，也能解釋為什麼現場沒有金紙殘跡。」

「可是這樣大王怎麼當最終魔頭？」

「大王不是帝堡住戶，也不是火災受害者，死後會回到帝堡，是因為他認為自己被槍決純粹是運氣不好，被帝堡大火牽連，所以遷怒於帝堡眾鬼。」製作人道，「主角原本以為這是唯一需要被消滅的鬼魂，但不管用什麼方法都無法奏效，然後會發現自己在協助其他鬼魂的經過裡，陸續找到一些一直沒派上用場的道具，那些道具可以拼湊出事件真相，還大王一個清白。」

「最終魔頭不是唯一一個要被消滅的鬼魂，」她喃喃地道，「而是另一個需要協助的鬼魂。」

「是。」製作人點點頭，「這樣更符合妳替這個故事設定的氛圍。」

「對。」

「就這麼做？」製作人道，「那我請同事拿合約過來。」

製作人對她解釋了合約上的條款，看她簽了名字，然後道，「我記得妳從前就愛讀書看電影，但不知道妳有寫作的才華，讀腳本時嚇了一跳。」

你也會嚇一跳？她露出走進會議室後第一個真正放鬆的笑容，「我找了線上課程幫忙。講師的名字很怪，叫阿鬼，不過課程內容蠻實用的。不對，也沒那麼實用，不然怎麼會被你挑出那麼多毛病？」

「就說我不是想挑毛病啦。」製作人也笑了，「我們公司找過一個作家來講課，剛才經理提過，這個作家和我還保持聯絡。」

「我一直覺得你不怎麼主動和人聯絡。」

「是，這是我的問題，我對交際沒什麼興趣，也很不擅長處理別人的情緒。這些個性妳應該很清楚。」

她想起製作人把同事請出會議室，獨自和她討論腳本的舉動，分明是不想在眾人面前指出她的漏失，顧及她的感受；「你現在比從前好多了。」

「是嗎？」製作人笑笑，「不過我和作家聯絡時談的也都與公事有關，例如因為一些情節和角色設計的問題去請教他的意見。會說起這個作家，是因為他也提過『阿鬼』這個名字。」

「真的？」她覺得有趣，「阿鬼也幫專業作家的忙？還是專業作家其實也需要阿鬼的寫作建議？」

她把阿鬼特殊的課程內容講了一遍，製作人安靜地聽完，搖了搖頭，「這和我聽說的情況完全不同。有機會我再問問作家是怎麼回事。」

「問這個就不算公事了吧？」

「算是半公事吧？畢竟和創作有關。」製作人想了想，「我一直覺得自己的個性不算什麼缺點，不過試著多交幾個朋友、多和人聯絡，應該也不壞。」

把她送到電梯口時，製作人問，「要不要真的約個時間敘舊呢？」

「好呀。」她笑道，「剛說要多和人聯絡，馬上就行動了呢。」

「妳現在有交往對象嗎？還是結婚了？」

「沒結婚，」為什麼突然問這種事？想復合？她看了製作人一眼，「問這幹嘛？」

「我沒別的意思。」製作人看出她的想法，「只是擔心如果結婚了或有男友，妳可能對單獨見面會有些顧慮。妳從前很在意這類事情。」

「有男友，不過他沒這麼神經質啦。」她擺擺手，心裡有點感慨——剛覺得製作人現在比較懂得照顧別人的情緒，但聽製作人提起自己過去的多慮，就想起男友說自己太愛想東想西，我這幾年是不是一直沒什麼進步呢？咦？她腦中猛地閃過幾個關鍵字，急急轉頭，「你說你不知道那個朋友用你的手機發簡訊給我？」

「這是猜測，我剛剛才知道有簡訊這回事。」

「他知道我的名字嗎？」

「我印象中沒對他說過。」

「那他怎麼知道要發簡訊給誰？」

「喔。」製作人的表情有點不好意思，「因為那時我手機通訊錄裡沒有妳的名字，我用的就是『女朋友』。想想真該用妳的名字，這樣他就不知道要發簡訊給誰了。」

好哇，謎題全都解開了。她不知是該生氣還是該大笑。

「怎麼了？妳的表情好奇怪。」

「你的猜測是正確的。」

「哦？」

「下回我們見面時，我可以帶男友一起來吧？」

「沒問題，可是，」製作人問，「我們敘舊的話，男友不會覺得很無趣或很尷尬嗎？」

「不會，」她道，「我們還可以一起罵他！」

野馬

04

信念瓦解，淚必然得嚎啕而出；
做點活著才能做的事吧，待我們已然亡故。

〈Wild Horses〉
Rolling Stones

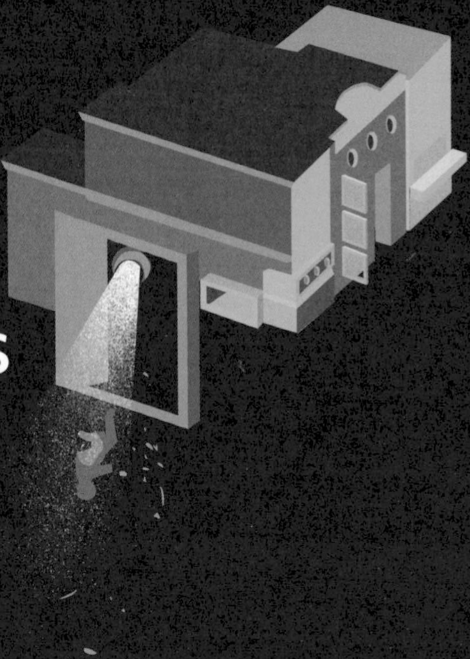

Wild Horses

《野馬》首期第一頁，微亮的天光襯在標題後方，鬧區巷弄一邊整排停放的車頂安靜地蒙著夜色的灰，一名穿著運動服的中年男子轉過頭，驚駭地瞪著路旁一灘血泊上倒臥的一具屍體。

警方到場，拉起封鎖線，從屍體的褲子口袋找出皮夾，聽取報案的中年男子證詞，逐步查明死者身分。

死者綽號「兩光」，職業是夜店經理；兩光陳屍的地點，就是夜店所在大樓的後巷。

兩光的頭、臉、胸、腹都有大面積的鈍性傷痕，鼻梁和胸肋斷裂，法醫研判是從高處墜落撞擊地面造成的；此外，法醫也驗出兩光體內有高濃度的酒精，顯見墜樓之前喝了不少酒。警方詢問夜店人員，得知兩光最近常和女友吵架，情緒低落，加上因工作狀況欠佳而遭夜店老闆責罵，也被夜店同事排擠，陳屍地點上方就是夜店的六樓陽臺，因而推論兩光酒後輕生，以跳樓自殺結案。

但有人不這麼認為。

看漫畫永遠很開心。

不過對她而言，畫漫畫更開心。

她記得畫漫畫有多麻煩——就算工具從傳統的沾水G筆換成數位繪圖板，不再需要光桌描圖也不再需要用美工刀割網點，光是構思故事就很麻煩；不，不只是麻煩，而是困難，困難到她不敢在沒有好友負責編劇的情況下嘗試。幾年沒畫漫畫，她已經幾乎忘了畫漫畫有多開心。

接近子夜，她剛把《野馬》第十期連載上傳，馬上出現好幾則網友留言，「等待是值得的！」「未看先推！」「期待單行本出版」，看著留言，她欣慰地笑了。

畫漫畫的開心，除了創作帶來的愉悅之外，還有一大部分，來自有人看她的漫畫，而且喜歡她的漫畫。

最開心的時刻還沒到。她知道她不會等太久。

她從小就喜歡畫畫。放學回家時畫，在學校時也畫；下課的時候畫，上課的時候也畫。筆記本和課本上全是她的塗鴉，只要老師沒意見，週記之類作業她也全用圖畫代替文字。

父母親起初覺得那只是孩子覺得好玩，由著她去；後來發現她完全不管課業，只管畫畫，心想不講不行。他們不想強迫她，但也不大放心她只專注繪畫，所以與她約定：學業成績得達到一定標準才能畫畫，念完普通高中如果還那麼喜歡畫，大學再朝專業方向邁進。

事實上，父母親打聽過，真想進入藝術領域，多數人從小就該學習各種繪畫技法，中學就該去美術專班；是故父母親所謂的「大學再朝專業方向邁進」，只是要她先照顧學校成績的說詞，父母親認為，等她讀完普通高中，就會明白接下來該進大學，然後找份安定的工作。到時把畫畫當興趣不是什麼壞事，所以只要成績可以，現在她愛畫就讓她畫吧。

她的確沒想過要成為藝術家，也沒想過要正式學習繪畫技法。關於圖像的一切，都是漫畫教她的。她看少女漫畫，也看青少年漫畫，她從漫畫裡學會線條的掌控、分鏡的語言、構圖的安排、推進的節奏，自己買書練習透視比例和人體結構，從網路上的免費課程學習各種上色方式和畫面組成。她只想畫漫畫。

但她沒畫過完整故事——放寬標準來看，她畫過一些篇幅不長、算是有頭有尾的故事，情節十分簡單制式，畫工令人驚豔，不過故事不怎麼吸引人。她自知沒有編劇才能。

直到大學時遇上好友。

好友和她一樣念廣告設計，看過她的畫之後讚不絕口，慫恿她參加漫畫比賽；她開玩笑說如果好友編劇她就畫，沒想到好友一口氣寄給她好幾個文字檔。「我想過好幾個故事；」好友對她說，「挑一個妳喜歡的吧。」

「每個我都喜歡，」讀完所有文字檔的隔天，她問好友，「我覺得妳可以寫小說出書耶！」

「喜歡嗎？太好了。」好友笑著說，「寫小說很麻煩。妳也看得出來我那些故事寫了角色對白，其他都很簡略，不大像是完整的小說。場景動作之類的我雖然有想像畫面，可是懶得把它們寫出來，也不是沒試過，只是做起來比我以為的費事，而且寫出來之後，感覺和我原來想像的差很多。我問過我姊，她說這個沒有捷徑，得長期練習；如果交給妳畫，妳一定可以畫出我想像的畫面，喔不，應該比我想像的更好。」

「這樣我壓力好大。」嘴上這麼說，但她心裡喜滋滋的，不只因為獲得肯定，還因為這話是好友說的。

「沒擔心，我是最瞭解妳的人，妳一定辦得到。」好友眨眨眼，「而且，妳也是最瞭解我的人。」

她們合作的第一個短篇作品在漫畫比賽得了首獎，半年後的第二個作品在另一個漫畫比賽又得首獎。幾年當中，她們橫掃國內為數不多的漫畫獎項，還出版了一本短篇合集。她們很高興，合作的過程裡沒出現過意見不合的狀況，只有心靈愈來愈契合的親密。不過出版過程讓她清楚意識到國內漫畫產業和市場的實況。漫畫是她的專業，但她得另外找個能夠維生的職業。

畢業後她開始接專案繪製插圖，品質好、不拖稿，各種風格都能駕馭，幾年下來，她建立了極佳口碑，從未短缺案源。

只是很久沒畫漫畫了。

《野馬》的故事由四個主要角色構成，這四個角色從小玩在一起，把街區巷弄當成異世界冒險大陸，時常闖禍，四家大人總說他們像管不住的野馬。

那些名為探險實為搗蛋的玩鬧大多由順仔發起；順仔鬼點子多，執行力也強，常常想到什麼就起身行動，個性略嫌莽撞，惹禍被逮到就會想出很多令大人哭笑不得的說詞，不過最後都會扛起責任，帶頭認錯。順仔最好的搭檔是阿政；阿政的父母親從上一代手上接下傳統籤仔店的經營，把店面改裝成明亮的便利超商樣貌，裡頭照舊什麼都賣，街坊鄰居日常有大小需要，第一個想到的就是到阿政家的超商找。阿政自小在超商幫忙買賣，和順仔一樣是個行動派，而且好交朋友；順仔冒出什麼天馬行空的想法，阿政都能把它變成能夠實際執行的任務。

阿宏的個性相較之下穩定許多，父親是在餐館工作的廚師，經常提醒阿宏：餐期愈是忙亂廚師就愈要穩住廚房步調——廚房有刀有火，混亂起來太易出事，出了事就不好收拾。阿龍的腦袋沒有其他三人那麼靈光，個頭不大但膽量和力氣都不小，最重要的是很講義氣，大夥想搞些有的沒的，阿龍是不可或缺的助力。

長大之後，順仔到城裡的夜店工作，因為辦事能力強，很快就獲得老闆賞識，在襯衫口袋上緣掛了主任名牌；過了一陣子得知阿龍因為和工廠領班起了衝突，被辭退在家，於是替阿龍在夜店安排了職務，雖然只是基層服務生，不過阿龍相當感謝順仔，盡心工作，沒有怨言。

城鎮變得繁華許多，阿政的父親結束自家超商生意，原來的店面變成二十四小時連鎖超商的加盟店，阿政當了現成的店長。阿政和請來的店員一起排班，遇到輪休的日子，常會去順仔的夜店消費——阿政仍然好交朋友，帶朋友去夜店玩，向朋友介紹順仔說「這我換帖的，店裡主任」時很有面子，還能順便幫順仔做點業績，而結帳時順仔會幫忙打個折扣。

況且，去順仔工作的夜店，也很方便一起找阿宏——阿宏考了執照當廚師，工作的餐廳和順仔那家夜店分租同一棟大樓的不同樓層，直到深夜都還供應餐點。凌晨去夜店玩，正好是阿宏的下班時間。

剛上傳的《野馬》第十期點閱數字和留言數量持續增加，她起身沖了一杯熱茶，回到電腦前坐定，螢幕角落彈出一個視窗。

好友上線了，傳來視訊通話的邀請。

移動滑鼠，她嘴角泛笑。

畢業後這幾年沒畫漫畫的主因，是好友出國念研究所，剛開始兩人經常視訊閒聊，但一個多月後無預警發生一次爭執；那是她們兩個頭一回吵架，吵完兩人有大半年沒有聯絡。直到隔年她生日時收到好友傳來電子郵件祝賀，那年耶誕節她寄了自己畫的電子賀卡，才開始斷斷續續恢復聯繫，聊的全是彼此近況，從未再提那回爭吵，也沒回顧一起創作的往事。

「這期我剛看完了，很棒，」好友道，「妳的畫工比大學時更好了。」

「畫工是我吃飯的技能啊；」她笑道，「每次上傳新連載時都會覺得大家也看太快了吧？我畫得那麼辛苦，你們到底有沒有仔細看啊？」

「我絕對看得比所有人都仔細；」好友保證，「倒是妳這樣忙得過來嗎？要處理的case不少吧？」

「妳又不是不知道我很會分配時間，」她道，「沒問題啦。」

《野馬》預計連載十二期，這是她仔細計算過工作時間的結果；好友總在她上傳新內容後傳來視訊邀請，聊的常是《野馬》當期內容。

「我很期待最後結局；」好友道，「妳實在太久沒畫漫畫了。」

她知道好友沒說出口的潛臺詞，不著痕跡地閃了開去，回了個誠實的答案，「這要感謝阿鬼。」

●

構思這些角色的背景設定，對她而言不算拿手，不過也不至於辦不到——在她自己摸索畫漫畫的早年歲月裡，她也會預先做好角色設定，只是當時沒有這麼仔細，大致只會畫出長相身形，寫幾句概括的個性描述。

她真正覺得自己辦不到的是情節，也就是她想像不出這些角色會發生什麼事，所以那時畫的漫畫情節才會顯得老套，因為那些情節全是從她看過的漫畫和小說裡搬來、把自己角色放進去的結果。

而且，她原來也沒想到可以用不同的敘事結構來講述故事。連載漫畫的情節絕大多數跟著主角，按照時序發展，少部分情節在前後時空裡跳來跳去的，例如《只有我不存在的城市》或《夏日時光》，則是因為和故事裡的某些超現實設計有關。她沒打算畫超現實題材，所以如果用這幾個角色發展故事，就會是一路從他們小時候畫到成年，而且，她仍然不知道要讓角色們在這段人生裡做些什麼。

幸好她在社群平臺上看到阿鬼的線上課程廣告。

她認為，因為有阿鬼的創作講義檔案和諮詢建議，《野馬》才會在一開始連載就吸引讀者的目光——這個故事不是從四個角色的童年時光揭幕，而是在所有讀者都還不認識角色時，就和角色一起面對了一樁懸疑案件；情節圍繞著案件展開，同時在適當時候插敘，補進角色的童年互動過往，一面建立每個角色的特性，一面向謎底推進。

也因為有阿鬼的建議，她才發現這種做法其實早就存在於她看過的幾部漫畫作品當中，例如她很喜歡的浦澤直樹作品《20世紀少年》。

回想起來，那次和好友爭吵，是她決定重新畫漫畫的肇因。只是當時她並沒有真的「決定」，僅僅模糊冒出一個概略的想法，那個想法或許可以變成故事，讓她畫出來。

但沒有好友編劇，她不知道怎麼動筆。

那個想法在她心裡壓了好一段時日，接著她發現有個漫畫平臺接受投稿，可以在網路上連載漫畫。她有點心動，估算了一下工作時間，認為自己如果保守一點、設計一個篇幅不長的故事，先把劇本完成、再累積足夠分量的存稿，等到存稿超過總長度的三分之二，就能夠公開第一回、繼續定期更新，並且在最後一期上傳前把剩下的篇幅畫完。

她著手一點一滴地設定角色，但心裡明白，倘若想不出情節，漫畫就畫不出來；要請好友幫忙嗎？但提到畫漫畫，可能就會想到那次吵架，現在雖和好友恢復聯繫，但感覺已經不像從前那麼親暱，再講要一起畫漫畫實在太冒險了——她一面苦著臉一面漫無目的地瀏覽社群平臺，發現了阿鬼的廣告。

線上付費買了阿鬼的課程講義，快快讀過——文件檔案裡列出故事組成的五個基本元素：角色、情節、場景、前提和主題——讀到「主題」時，她忽然想起《20世紀少年》。

《野馬》在那個刹那，找到了敘述的核心。

除了文件檔案，阿鬼的課程還提供三次以電子郵件向阿鬼諮詢建議的機會。她的第一個問題，就與主題有關——她想講一個以「友情在時空變遷之後會不會生變」為主題的故事，要像《20世紀少年》或史蒂芬．金的小說《牠》一樣，讓一群朋友們在童年與成年的兩個不同時空裡，面對必須一起解決的事件。《20世紀少年》和《牠》都是長篇作品，而她的創作計畫篇幅有限，所以主要角色們面對的應該不會是拯救世界或解決怪物之類的問題，得要更限縮範圍，但又不會過於單純。

阿鬼沒有正面回覆該安排什麼樣的事件，倒是指出一個重點：既然篇幅不長，她可以在一開始就用事件引發讀者的好奇，讓讀者流暢地隨著事件一點一點被解決看完每一期連載，過程裡再插入角色鋪陳。

此外，阿鬼提及一部小說，表示該部作品的技法純熟，可以參考；她沒聽說過那部小說，乖乖去找來看了，但沒看出什麼了不起的技法。不過阿鬼要她「參考名作」是個好提醒——她從前自己畫漫畫時就會這麼做——這提醒讓她想起從前讀過一部阿嘉莎．克莉絲蒂的推理小說，她現在的角色沒法子整組放進去，她也不想像從前那樣照抄情節，可是發現那部推理小說的某個手法很適合用來建構她要讓主要角色們面對的事件。

我居然要畫個有推理味道的漫畫——她沒想過自己初次嘗試編劇就要處理推理題材。她一向認為這個類型的故事編起來很麻煩，和好友合作時好友寫過一個，反應也不壞，可是她不覺得自己寫得出來。但現在謎底已經先想到了，這麼做似乎沒有原先以為的困難，而且這個事件很適合她要講的主題。

既然要創作一個有推理成分的故事，擬妥了事件發生的大綱之後，她向阿鬼諮詢的第二個問題就是該怎麼讓讀者一開始沒想到「事件是怎麼發生的」，但在解釋後又認為合理。阿鬼回覆，除了角色設定應該讓讀者確信「那個角色在那個情況下會做那件事」之外，也要注意事發的場景，亦即「事件的確會在那個地方發生」。她想起自己讀過的幾本推理小說，深深認為阿鬼說的沒錯——假如是預謀，凶手可能預先在場景裡做了某些可以讓事件發生的安排，例如某種機關；假如是臨時起意，那事發場景就會有讓凶手認為「我可以在這裡動手」之類特點。

她的事發場景是夜店六樓的陽臺。她在自己住的套房裡拉了捲尺，忖度陽臺地面該有多大面積才能放進多少角色，圍欄要有多少高度才能完成事件。

第三次諮詢機會沒用上。沒有別的問題要問了。劇本已經順利地開始進行，她也做好工作的時程規畫，畫完前六期的分鏡腳本之後，她開始一邊畫正式內容，一邊準備後續分鏡。

《野馬》裡最後想出真相的是夜店老闆，不過事發時老闆不在陽臺——陽臺沒有遮蔽，倘若老闆在場，就會直接目睹事發經過，根本毋須解謎，不對；她想：老闆在場的話，事件根本不會發生。老闆不在場不是問題。很多推理小說的偵探案發時都不在現場。她會讓老闆有足夠的線索解謎。

兩光工作狀況欠佳是事實，因而被夜店同事排擠也是事實，不過並沒有被老闆責罵——被警察詢問的員工說老闆念過兩光幾句，警察把這解讀為責罵，但所有夜店員工都知道，老闆不算真的罵過兩光。老闆是賞罰分明的人，有功他不會吝於公開犒賞，有過他會罰到讓人不敢再次犯錯；兩光幾乎是夜店裡唯一辦事不牢的員工，而這樣的員工能夠當經理，和老闆不曾真正責罵來自同一個原因——兩光是老闆的小舅子。

老闆認為自己必須照顧小舅子，也清楚兩光並不適任——兩光又高又胖，但個性怕事，酒量不好，處事也不夠圓滑；只是夜店營運順利，讓兩光掛個看來響亮的職銜領乾薪沒什麼問題。雖然名為經理，但兩光不需要管理員工，員工沒把這經理當回事也不會有什麼麻煩；至於員工對兩光有意無意的排擠行徑，只要沒鬧出事來，老闆就覺得是員工們的正常情緒發洩，不需要處理。

可是現在兩光死了。警察認為是自殺，老闆沒意見，但這是不是員工的情緒發洩失控、鬧出事來了？老闆認為應該私下調查清楚。

約談了幾名員工，老闆得知出事之前，凌晨一點多，有兩組剛要離開的客人在門口吵鬧，眼看就要演變成拳腳衝突。

順仔聞訊趕來，發現兩光也在場，但完全沒插手，反倒是剛下班離開餐廳的阿宏經過，出面妥當地安撫了客人；送走客人，順仔把阿宏請進六樓員工使用的休息室敬酒道謝，點播卡拉ＯＫ唱歌，開了瓶洋酒。順仔直說兩光枉為經理卻沒半點用處，這種狀況已經不是第一次發生了，一定要好好談談；阿宏安撫幾句，順仔沒理會，拿起手機要兩光到休息室來，再囑阿龍送來高粱酒，準備灌兩光幾杯、叫兩光向阿宏道謝，也向其他同事道歉。

阿龍送酒進休息室時兩光已經到了，阿龍陪著喝了幾杯，感覺到席間氣氛不好；兩點半左右，兩光嚷著話不投機，起身離開，順仔和阿宏追到電梯口，又把兩光拉回休息室，一夥人繼續喝酒。接近三點，兩光再度離開休息室，雖然已向阿宏道謝，但沒有向任何人道歉——兩光認為自己不管理員工是尊重員工，不是自己不會管理，沒有員工叫經理低頭的道理。順仔在休息室坐了會兒，心裡仍然有氣，走出休息室準備去找兩光，意外在電梯口遇上帶著朋友到夜店消費、把朋友留在樓下舞池、自己上來找順仔的阿政。剛離開休息室的兩光正朝走廊盡頭的經理室方向走去，順仔瞪了兩光的背影幾眼，決定把阿政帶回休息室和阿宏、阿龍會合。

老闆認識阿政和阿宏，也知道這兩個人和順仔、阿龍是從小一起長大的好友——他們是夜店常客，順仔向老闆介紹過，還提及小時候他們這夥的「野馬」稱號。順仔因為兩光的事心情不好，所以決定和朋友們聚在一起聊天喝酒，老闆可以理解；雖然那等於順仔和阿龍上班時間擅離職守，但老闆不打算追究。

可是沒人知道接下來兩光發生什麼事。

照理說，接近三點時兩光離開休息室，應該是進經理室休息了；經理室有沙發，可以將就著睡一覺。兩光回到經理室之後，再次被人發現，就是早晨六點四十分左右，成了一具倒在巷邊的屍體。

老闆直覺認定順仔阿龍等幾匹野馬在三點到六點四十分之間對兩光做了什麼。因為警方推測兩光是從六樓陽臺跳樓的，而六樓有兩扇門通往陽臺，一扇在走廊上，一扇就在經理室裡。

順仔向老闆坦承，大約四點左右，他和阿政曾經到經理室找兩光。

「找他做什麼？」老闆問。

「說對不起。」順仔道，「阿政說大家一起工作，人家又是經理，不要鬧太凶，他可以和我一起去向兩光說幾句好聽話，我低個頭就沒事了。」

「要道歉結果把經理室的玻璃弄壞了？」事發後，老闆注意到經理室門上的壓克力玻璃被整面撬開。

「我們在外面敲門，沒人應聲，」順仔回答，「阿政知道現在不講、他一走我就不會想這麼做了，所以拿下玻璃伸手進去開門，不過經理不在裡面，只有手機留在沙發上。」

「你沒去陽臺？」

「去陽臺幹嘛？」

阿政則說在經理室沒找到人後，他就送朋友回家了。「我和朋友一起來，結果上樓喝太久，忘了朋友還在樓下，很不好意思；既然兩光不在，我就和朋友叫計程車走了。」

老闆詢問阿宏的時候，阿宏表示他離開夜店的時間更早一點。「順仔和阿政去找兩光的時候，我就順便走了，應該是快四點的時候吧？」阿宏回憶，「我到大街對面的豆漿店買了豆漿，和店員聊了一下，回到家的時候剛過四點半。」

「要道歉你跟去不是比較能控制場面？」老闆問。

「對，不過主要是順仔要賠不是，跟去的人太多感覺會像是我們仗著人多施壓，那也不好。」阿宏說，「那時順仔叫阿龍先去休息，我想只是順仔要向兩光低個頭，我不在應該無所謂。」

「那天很累，又陪他們喝酒，順仔說要去經理室找兩光，不是，我是說去找經理的時候，看我精神不好，就叫我找地方休息一下。」阿龍告訴老闆，「我不是故意偷懶。」

「無妨，」老闆問，「你在哪裡休息？」

「隔壁的小休息室，我在沙發上瞇了一下。」

「睡到何時？」

「五點四十吧？」阿龍想了想，「那時順仔叫醒我，要我去收垃圾。」

收垃圾？老闆警覺起來。六樓各處的垃圾一向先集中放在陽臺，用過的整桶可樂和生啤酒鋼瓶、壞掉的桌椅等等雜物，也都先堆在那裡。「所以你到陽臺去了？」

「對，」阿龍道，「我去陽臺收垃圾的時候，看見經理靠在陽臺牆邊抽菸，像是在想事情。我沒叫他，收完垃圾就走了。」

「靠在牆上？」

「外面的牆，不是經理室這邊的牆，」阿龍向前傾身，雙肘支在桌上，「像這樣靠著。」

這個抽菸姿勢看來平常，不過老闆記起陽臺外圍的矮牆一米出頭，兩光身高一百八十幾公分，做這動作有點彆扭。

◉

倘若這幾個人沒說謊，那麼四點左右，順仔和阿政沒找到兩光，約莫同時離開的阿宏也沒看到兩光，但五點四十分到陽臺收垃圾的阿龍見過兩光，那時兩光還活著；老闆尋思：兩光六點四十分被人發現，時間對得上。

不過沒人知道兩光墜樓的準確時間。老闆沒有完全相信順仔等人的說詞，後續又找了幾個不同的證人。

第一個是夜店服務生，她說三點五十五分到六樓換衣服準備下班時，曾看見順仔和阿政站在經理室外；等她換好衣服回到走廊，遇見順仔從經理室裡出來，還問她有沒有看見兩光。

另一個比較資深的員工表示，三點半左右經過休息室看見順仔，順仔請她找兩光；她打了兩光的手機，沒人接聽，走到經理室外的時候，曾聽見裡頭傳來手機鈴聲。

還有一個服務生五點多想溜到陽臺抽根菸，結果一開門看見兩光的背影，於是打消抽菸的念頭，關了門回去上班。

最後一個證人是老闆透過在警局的熟人找到的，住在附近的老先生。老先生早起運動，五點半經過後巷時並沒看見有任何人倒在地上。

這四名證人的證詞間接核實了順仔等人的說法，但未能完全說服老闆。

兩光的傷勢分布讓老闆覺得古怪——警局裡的熟人告訴老闆，兩光最嚴重的傷大多在胸腹部，但老闆認為，跳樓應該是先著地的腿部受傷最重才對。說不定兩光不是自己跳樓的？按照這些證詞，兩光四點時已經不在經理室，難道會一個人在陽臺抽菸抽到快六點？這似乎太久了；老闆思忖：還有，垃圾車不是一大清早來收垃圾的，順仔那個時間為什麼要叫阿龍去收垃圾？

《野馬》的主要角色都是男性，因此她選用比較陽剛的線條繪製；先前投稿漫畫比賽用的是真名，這回她想了個看起來中性的筆名。存稿累積到預計數量，她到漫畫連載平臺註冊，上傳首期故事。

她沒料到使用筆名、換了畫風，好友還是認出了她的筆觸——準備劇本、畫分鏡那段時間她很忙碌，幾乎沒和好友聯絡，屈指可數的幾封電子郵件裡，她也沒提自己正在畫漫畫。

所以好友傳來視訊通話的邀請、說一眼就認出《野馬》是她的作品時，她很開心。

畫漫畫很開心，有人看她畫的漫畫很開心，但和好友一起討論漫畫，才是最開心的事。

「妳這幾個角色都設計的好立體，老闆戲不多但超帥的；」螢幕裡的好友道，「我大概猜到真相是什麼了。」

「我也覺得妳應該猜得到；」她沒有感覺不高興，反倒覺得理所當然，「他們四個一起犯案。」

她設計這樁事件的參考原型是克莉絲蒂的小說，那部小說就是大學時代她在好友家裡讀到的。

好友的姊姊是個作家，用一個筆名寫過多本言情小說，用另一個筆名寫過多本有激情性愛場面的男同志小說，最後用本名寫驚悚懸疑小說，首作《比蒼白更蒼白的影》上市之後相當暢銷，後來還寫了續集。她和好友都知道姊姊真正喜歡的是驚悚懸疑題材，因為姊姊的房間書櫃裡全是這類小說，有塞滿各式獵奇死法的可怕故事，也有不那麼賣弄血漿的古典推理。她和好友對誇張的死亡畫面興趣不大，倒是一起讀過幾本古典推理，交換過心得。

「四個一起犯案？」好友露出疑惑的笑容，「不是吧？」

「咦？」

在她的腳本裡，老闆會再找到一個證人，看見順仔在第二次追著兩光到電梯口，遇到阿政時，與兩光爆發激烈口角；兩光躲進經理室之後，順仔才和阿政回到休息室。

老闆因而發現順仔等人並未完全說實話，並且推論出事發經過：順仔和阿政在休息室裡，和阿龍阿宏愈講愈氣，四點左右四人一起到經理室，破壞了房門玻璃進入室內，將睡在沙發上的兩光拉到陽臺，用鋼瓶桌椅等雜物圍毆兩光，最後合力抬起兩光，拋出矮牆。

啊；她想到了：第五個證人要在第十一期才會出場，好友只看過她已經上傳的十期連載內容，所以還不知道這個關鍵證人的存在。如果好友讀過第十一期，就會看出「四人因酒後氣憤，合力殺害兩光並串供」是最合理的解釋。

「妳等等，」她移動滑鼠搜尋檔案，「我先傳下一期給妳，再跟妳說我最後一期的情節。」

第十一期的內容她已經畫完了，也已大致完成最後一期的分鏡腳本——為了不影響工作又能按時更新，她決定畫《野馬》時就做通盤的時間計畫，目前一切都按計畫進行。

從好友在視窗裡胳臂的動作和眼神的移動，她判斷好友不只讀了剛傳過去的第十一期，也回頭重看前面幾期，尋找線索。果不其然，「我剛檢查了幾個先前的段落，」聽到好友開口，她放下心來——這樣妳一定懂了吧？但好友接著講的卻是，「我還是覺得這樣不行。」

她胸中陡地升起一股不安。

不安的部分原因來自她擔心自己編的劇情可能有問題，但更主要的原因，是她記起兩人唯一一回爭吵。

那回起初只是日常閒聊。好友講起在國外發現她們很熟悉的日本漫畫也有不少西方國家譯本，另外也發現不少她們不知道的西方作品，敘事方式和畫面組成都與日本漫畫不同，想找幾本給她看看；她附和道自己好一陣子沒畫漫畫，的確手癢；好友催她動手畫，未來也有機會進入國際市場；她說那得要好友先編劇才行；好友笑著搖頭說在異國環境求學很辛苦，暫時得專心課業，況且光是同學之間的交際邀約就不少，也得應付；她說有時間玩真好，不像她成天工作；好友說西方同學很活潑，應酬很累人，沒她想的那麼好玩，然後把話頭拉回來，說她可以自己編劇；她用半抱怨半撒嬌的語氣說自己只懂畫畫、不知道怎麼寫故事；好友直說開始動筆就會找到方法，至少可以搞清楚自己需要補充哪些知識、練習哪些技巧；她說工作好多，根本沒有時間。

話題在日常生活和漫畫創作之間來來去去，兩人慢慢發現總會撞著兩面無形的牆：一是她愈來愈認為好友很享受留學生活，根本不想花心思替她編劇；另一是好友認為她太過依賴，連嘗試一下都沒有意願。

好友提及和班上幾個同學出遊的經歷時，她突然開口，「對啦，有時間和外國帥哥到處逛，但是沒時間幫我編劇。」

「他們只是同學，而且我剛說過好幾次，妳可以自己編嘛；」好友聽出她的語調有異，「妳只是太習慣賴著我……」

「賴著妳有什麼不對？」她大聲起來，「妳不喜歡賴著我嗎？那我們從前怎麼會成天膩在一起？」

「那是……」

「反正我知道妳現在不想和我一起畫漫畫了，因為妳不關心我了！」

話一出口，她就覺得有點尷尬。

好友也安靜下來。過了會兒，好友說待會有課，草草結束連線。

她當然知道自己說那句話指的是什麼，她認為好友也知道，只是她們從來沒有真正談過那個什麼。

現在她們對《野馬》的意見不同，她害怕如果好友真的找出劇情漏洞，她或許會在心裡怨怪都是因為好友不參與編劇才會如此，然後失控說出不該說的什麼。

她們好不容易慢慢恢復聯繫，又因為討論《野馬》重拾往日的親密感覺，她一點也不想破壞現在的狀況。不該說的什麼就讓它繼續保持沉默，好友只想和她當朋友，那就夠了。

「我們看看到十一期為止知道的證據；」好友似乎沒察覺她的不安，「阿宏四點多去買豆漿，應該是真的，妳在背景畫出街景，有棟高樓頂端有數字鐘，顯示了當時的時間。」

對，只要說服好友劇情安排沒問題，我擔心的事就不會發生；她把思緒拉回來，「那是阿宏陳述的回憶畫面，不是客觀事實。」

「所以阿宏說謊？但阿宏和店員聊過天，店員可能記得。」

「就算阿宏真的去買過豆漿，也可以買完再回夜店；豆漿店就在對街，不會花多久時間。」

「嗯，對。」好友想了想，「不過沒有證據說他又回了夜店，至少沒有證人提到那時在夜店見過阿宏。阿政也有類似情況。」

「我知道沒有證人四點之後還在夜店見過阿政；」她清楚自己沒有畫過這樣的情節，但這可以補上，「最後一期再加個證人就可以了。」

「這樣不大好，因為沒人在夜店見過阿宏和阿政，並不表示他們一定不在夜店裡。況且事情發生在六樓，目前看來，那段時間只有想抽菸的那個服務生去過六樓。」好友道，「重點應該是和阿政一起到夜店的朋友，如果老闆找到這個朋友，就能確認阿政有沒有在四點左右送朋友回家。」

又多了一個自己沒想到的環節，我真不適合編劇；她在心裡搖頭，「可是就算阿政那時送朋友回家，一樣可以再回夜店和其他人一起下手。」

「但阿政說他和朋友是叫計程車走的，」好友提醒，「不管距離多遠，等車、車程等等都得花一定的時間。阿政是和順仔去找兩光、沒找到人之後離開的，如果阿政真把朋友送回家了，那麼他離開的時候，不管阿宏有沒有回六樓，妳預想的圍毆不是正要開始，就是已經進行；等朋友下車之後阿政再回夜店，加入已經開打不知道多久的圍毆行列？這想像起來有點怪怪的。如果朋友說那天阿政沒有一起搭車，老闆才能確定阿政說謊。」

看來只好在最後一期多加一段老闆找到阿政朋友的情節，這樣勢必得修改已經完成的分鏡腳本；她想：如此一來還是沒有證據可以確定阿政阿宏當時是否仍在夜店，不過可以增加老闆推測的可信度。

「還有，」好友續道，「六樓陽臺不大對。」

六樓陽臺是四人圍毆兩光、把兩光拋出去的現場。在阿鬼的建議下，她決定讓經理室有扇門直通陽臺，方便四個人能夠不經過走廊、在沒有其他人看見的情況下把兩光拖到陽臺，同時細心地測量該有多大的面積才能讓四個人對兩光拳打腳踢；此外，陽臺堆放的鋼瓶桌椅等等雜物，她也一一查過尺寸，正確地安置在畫面裡——這個場景哪裡不對？

「東西太整齊了。」好友指出，「妳說他們圍毆兩光時，用上了鋼瓶和桌椅那些東西，可是畫面上看起來所有東西都擺得好好的。」

「他們四個人把兩光丟下去之後，收拾了現場。」

「嗯……雖然我覺得四個趁著酒意揍人出氣的男生不大可能還動手收拾，不過勉強說得通；」好友眨眨眼睛，「換個角度想，我們不知道陽臺本來的狀況。如果那些東西本來就亂放，那他們犯案後收得很整齊，不是看起來反而很奇怪嗎？所以如果妳要讓老闆起疑，這會是個合適的切入點，最後一期得把它補進去。」

「其實這真的是我的疏忽啦，」好友展現出替她把故事講得更完整的態度，讓她的情緒放鬆不少，「我只顧著把比例畫對，沒留心想到那些東西被拿來打人後就該畫得凌亂一點。」

「這樣的話，」好友順著她的安排推想，「表示阿龍和想抽菸的服務生都說謊。阿龍五點四十去收垃圾時不可能看到兩光，因為那時兩光已經被扔下樓了；但服務生五點多去陽臺，我想應該在阿龍之前，那時兩光也不在，服務生為什麼要說謊？」

「服務生只看到背影，天還沒亮，所以認錯了？」這不是她原來的設計，不過聽起來合理。

「兩光的體形和妳畫的所有角色都不一樣，特別高大，長得又胖，就算天還沒亮、只看到背影，也不大容易認錯吧？」好友不同意，「還是最後一期要再加一個新角色，體形類似，說自己才是當時在陽臺抽菸的人？」

「那是剛想到的可能，」不該再加先前沒出現的角色了，她道，「我原來的設計，是除了犯案的四個人，老闆找到的證人也都說謊。」

「在最後一期推翻所有證詞？」好友有點訝異，「不大好解釋證人們說謊的原因吧？」

好友說的沒錯。她完成腳本時沒料到這事，連載到一半才想到讓每個證人因為不同因由而說謊比較好，例如有的是威脅、有的是利誘，但已經沒法子在刊載過的內容裡加伏筆，所以決定在最後一期說所有證人都收了順仔等人的錢才作偽證。要讓老闆查出這個，耗掉的篇幅比她預期的多，以至於她覺得分鏡的配置有點窘迫，倘若要再塞進好友剛提到的補充，分鏡可能變得更不理想。

「其實我看見陽臺很整齊的時候，」好友道，「以為是妳故意的。」

「是疏忽啦；」她不解地問，「為什麼會覺得我故意畫成那樣？」

「因為那等於是在暗示我：阿龍和抽菸服務生的說詞是真的。同時，這也讓順仔大清早要阿龍去收垃圾言之成理——因為身為主任的順仔常要阿龍去整理陽臺，所以陽臺才會那麼整齊。」好友停了一下，續道，「事實上，我認為每個角色，包括順仔他們四個，講的話都是真的。」

「順仔說他和阿政去找兩光時是想道歉，結果卻破壞了門上的壓克力玻璃，」她特意設計了這個很明顯的不合常理，「妳不覺得奇怪嗎？明明就是想進去揍人才會那麼做吧？」

「妳設計的真相是四個人一起去經理室找兩光行凶，敲門沒人應聲，所以破壞玻璃開門，這有可能。」好友說明，「如果照順仔他們的說法，那時去經理室的只有他和阿政，這符合去換衣服準備下班那個服務生的證詞。他們先前試著打手機給兩光，也請資深服務生打過，沒人接聽，所以猜測兩光在經理室睡覺，才會直接去經理室敲門；敲門沒有回應，阿政又是個行動派，不想把事情拖著不處理，既然順仔有意願低頭，就該快點把這事了結，所以他乾脆撬玻璃開門——衝動了點，不過也講得通。從妳畫到經理室的幾個畫面看來，壓克力玻璃是從邊緣撬開、整片拿下來的，不難裝回去，這不就表示阿政沒打算鬧事、真的只是想幫順仔找兩光道歉嗎？他們進經理室之後沒找到兩光，只看到兩光的手機，這也符合資深服務生的證詞。」

「當然會符合證詞呀，因為所有證人都被順仔買通了嘛。」

「兩光是老闆的小舅子，大家都知道他的經理位置是老闆賞賜的，就算大家不喜歡兩光、平常不怎麼理他，也不會想得罪他。現在兩光死了，老闆又在查，順仔得花多少錢，這幾個證人才願意配合？」好友抿抿嘴角，「再說，順仔怎麼知道老闆會詢問哪些人？換衣服的服務生和資深服務生，在不同時間見過順仔，順仔應該會想到該買通他們；可是這四個人都沒遇到想去抽菸的那個服務生，順仔為什麼會找他串供？」

她沒考慮過「順仔該花多少錢才能買通所有證人」這個問題——這做法本來就是折衷方案，用來在所剩不多的篇幅裡塞進一個「證人作偽證」的解釋，但這折衷方案看起來不合用，不，「所有證人都說謊」這個設定就不好，因為她也不知道順仔為什麼要買通打算去陽臺抽菸的服務生。

讓那個服務生根本沒去陽臺好了，他是順仔安排的，故意製造出五點時兩光還活著的假象，這樣也可以連結到阿龍的證詞；她低頭思考：最後一期還有地方可以講這個嗎？或是我得改動第十一期，重畫一部分，把該補充的放進去？可是這還是沒解決錢的問題嘛！讓他們四個一起出錢會不會比較有說服力？

「如果順仔知道要收買證人的話，」好友的聲音響起，「為什麼他沒收買第十一期出現的第五個證人？」

「什麼？」她抬起頭，沒聽清楚。

「第五個證人；」好友重覆了一遍，「這個證人看見順仔和兩光在電梯口吵得很凶，兩光躲進經理室之後，順仔才和從電梯出來的阿政回休息室——所以這個證人可以證明順仔三點左右還在生兩光的氣，讓老闆推論出他們四點去找兩光時並不是想道歉，而是想行凶。這麼關鍵的證人，順仔怎麼會漏掉？」

呃，對呀，怎麼會漏掉呢？她還沒想出解釋，好友已經開始幫忙，「因為某個原因，順仔無法收買他？但順仔就放著不管嗎？不行；還有足夠的篇幅幫他想個原因嗎？好像有點難……」

她也沒有主意，好友停止揣想，「先不管這個。加上十一期，老闆一共找了五個證人，其中四個在夜店工作，順仔容易接觸，也有可能串供；但有一個證人是住在附近的老先生，老闆透過警局的關係才找到的，順仔要怎麼知道老闆找過這個證人、怎麼收買他？」

幸好這個問題她有答案。「老先生五點半經過後巷時，天還沒亮，所以沒注意到地上有人。」

「兩光的體形很龐大耶。」好友不表認同。

「那……」她試著補救，「屍體被車擋住了，所以老先生沒看到。」

「可是妳第一頁畫兩光倒在地上的時候，沒有車擋住他呀？」

啊。「本來有車，後來開走了。」

「嗯……找到車主、問到這件事？不行，太麻煩了；」好友沉思，「利用巷口的監視器畫面好了，比對前後畫面，就可以知道有車移動過。但這樣最後一期要補充的資訊就愈來愈多了，就算把一些東西挪到第十一期、重畫一部分，可能還是塞不下。」

她也想到一樣的問題，「那怎麼辦？」

「延長連載期數？」好友建議。

「後面有個大案子，暫時沒空繼續畫。」

「暫停一下？」

「中斷連載？我不喜歡。」她最討厭漫畫家連載時用各種理由中斷。

「我知道妳不喜歡；」好友點點頭，「我自己寫故事的時候也遇過這種最後無法順利結束的狀況，有時就是不得不整個修改，但有時仔細想想，會發現解決的方法就藏在某個細節裡頭。」

「真的嗎？」

「我們先從頭整理一遍。」好友道，「順仔請阿宏到休息室、找來兩光、要阿龍送高粱過來，這是確定的。兩光兩點半時離開一次，被追回來，三點左右再度離開，這也是確定的。」

「對，」她提醒，「第五個證人這時看到順仔和兩光在電梯口吵架，順仔沒告訴老闆這件事。」

「嗯，順仔沒提爭吵，這和他小時候闖禍被逮時想避重就輕、含混過去的心態一樣，不難理解；第五個證人讓老闆認為順仔說謊，不過以這個階段的結果來說，兩光的確進了經理室，順仔和阿政回休息室，衝突沒有繼續，狀況沒變。」好友解釋，「真正讓『證詞』與妳設計的『事實』產生分歧的，是四點他們去經理室之後的發展。」

她點點頭。

「從四點開始到六點四十分兩光的屍體被發現為止，以順仔他們的證詞來看，只有阿龍五點四十的時候見過兩光，沒有互動，以其他五個證人的證詞來看，只有想抽菸的服務生見過兩光，也沒有互動，兩次見到兩光的地點都在陽臺。」好友繼續，「以妳的設計，老闆推測順仔他們四個人四點一起去經理室找兩光、敲門沒有回應之後自行破壞玻璃進門，把在睡覺的兩光從經理室拖到陽臺，用陽臺上的雜物圍毆，然後把兩光拋下樓。如果順仔他們沒說謊呢？四點時兩光不在經理室，會在哪裡？」

「在陽臺。」她回答，「經理室有另一扇門通往陽臺，所以老闆也想過這個可能，五點多、五點四十的時候，服務生和阿龍都說在陽臺看見兩光。只是老闆覺得這樣兩光單獨在陽臺待的時間太長，所以覺得不對勁。」

「我也認為那時兩光在陽臺。」好友接話，「如果用原來的設計，那時兩光正被順仔他們拳打腳踢，還用上了鋼瓶桌椅。可是這樣會讓已有的內容出現還需要補充的資訊。」

「除了阿宏買完豆漿有沒有返回夜店，還得找到阿政的朋友，讓他證明阿政當天沒有一起搭車離開，否則阿政再回夜店會有時間差。」她扳著手指計算，「要說明順仔他們怎麼和前三個證人串供，這個我想可以用四人一起出資來提高買通的價碼；還要設法讓順仔他們漏掉第五個證人，或者想一個第五個證人不接受賄賂的原因……這我想不到，妳有什麼想法？」

「暫時沒有想法。」好友聳聳肩，「別忘了第四個證人，那個老先生。我們必須解釋為什麼順仔能找到他，以及怎麼讓他作偽證。對了，還有陽臺雜物太整齊，也需要說明。」

「要補的東西真的太多了；」她嘆氣，「就算第十一期整個重畫都講不完。而且就算我趕工畫畫，也得先把剛才提到的那些原因想出來，時間根本不夠啊。」

「嗯，但如果我們把『順仔他們和證人的說詞都是真的』當成前提，已經完成的部分，包括第十一期，都不用重畫，」好友道，「只要我們能在最後一期說明兩光的真正死因，問題就解決了。」

「哪有解決啊？」她不明白，「那兩光是怎麼死的？」

「我想到兩個可能。」好友的笑有點神祕。

「快說！」

「第一個可能，是阿龍殺的。」好友道。

「啊？但妳不是說所有角色的證詞都真的？」她不明白，「阿龍又沒說他殺人。」

「阿龍沒說謊，他在五點四十的時候，為了收垃圾，在六樓陽臺看見兩光靠在圍牆邊抽菸。」好友道，「不過阿龍也沒講後續。他看到兩光的背影，想起兩光平常的態度和剛才在休息室裡不愉快的氣氛，又想到順仔氣憤的表情，一時怒氣上湧，從背後推了兩光一把，沒想到兩光因此上身翻出牆外，摔到地上。」

「推出去？」她想了想，這樣的話阿龍的確沒說謊，只是這「沒說謊」聽起來有點像是詭辯，而且，「兩光蠻胖的，雖然手肘頂在矮牆上，但會這麼容易摔出去嗎？」

「或者讓阿龍拉兩光的腿，把他的腿往上抬、讓他失去重心？」好友在螢幕彼端示範動作，「不過這表示阿龍本來就有殺意，否則不會這麼做。」

她低頭思考。順仔應該是最氣惱兩光的人，從小又是四人裡頭帶頭行動的那個，所以她想讓其他三人配合順仔，一起對付兩光；倘若改成阿龍單獨犯案，雖說阿龍很講義氣，但失去她原初想讓四人一起行動的用意，而且推兩光一把比較說得過去，突然就拉兩光的腿讓他跌出矮牆就做過頭了。「我覺得不大好耶。」她道。

「前面的情節都不用改哦，」好友道，「最後一期要改的東西也很少。」

「先說妳想到的第二個可能吧。」《野馬》主題和友情有關，主要角色一起犯案可以，但她不希望其中一人成為凶手。

「第二個得在最後一期加個角色，」好友道，「幸好這角色先前有人提過，這時候出場並不突兀。」

「誰？」

「兩光的女友。」

三點左右回到經理室之後，兩光覺得很煩，在沙發上坐了一段時間，然後打手機把女友找來。

「女友來了之後，兩光帶女友到陽臺，把手機留在經理室，」好友道，「所以三點半的時候，資深服務生打兩光的手機才沒人接聽。」

四點順仔帶著阿政去經理室，想向兩光道歉，結果兩光不在。

「因為那時兩光和女友在陽臺說話，順仔他們沒聽見。」好友道，「兩光找女友本來是想討拍，女友剛開始也安慰他，可是兩人本來就已經常吵架，安撫了半個多小時，女友漸漸覺得不耐煩，變成責罵——那時順仔他們已經離開經理室了。女友罵了一頓，把舊帳翻出來數落，五點左右走了；兩光變得更悶，獨自留在陽臺抽菸。」

「這能夠解釋兩光那段時間的行蹤，也能夠連結五點多和五點四十的兩個證詞；」她跟上了，「可是兩光為什麼墜樓？」

「兩光先被下屬嗆再被女友嗆，酒意發作，心情愈來愈沮喪，自己跳樓。」

「等等，」好友的話合情合理，但她想起一個細節，「兩光大部分的傷都在胸腹，這個設計就是要讓老闆起疑，認為他不是跳樓——跳樓的話，主要的傷勢應該是先著地的腿部。」

「不一定呀，」好友道，「下墜過程如果翻滾，先著地的也可能是胸腹部。而且兩光應該不是『跳』出去的，他那個體形，應該是先坐上矮牆，說不定本來也沒真的要尋短，但喝醉了一時失去平衡，就跌下去了。」

這個方法可行！她只要在最後一期讓老闆找到兩光的女友、確認女友到過陽臺，就能做出後續推論。「太好了！」她笑得開心，「妳真是我的救星！」

「我覺得這應該會符合妳的主題。」好友也笑咧了嘴，「朋友們一起長大，相互幫忙，一起度過難關——既然要他們解決難題，那兩光的女友應該要是他們找出來的。」

「這樣不會讓老闆覺得是他們故意安排的嗎？」

「不會。」好友道，「因為前面的劇情都沒提到老闆懷疑他們一起犯案呀。」

「我會用這個做法去調整最後一期的分鏡，不會花太多功夫。」她道，心忖要在結束連載的感言裡謝謝好友。

「其實如果妳也不喜歡這個結尾，」好友道，「我還有終極絕招。」

「終極絕招？」

「問阿鬼。」好友舉起食指，「妳不是說還有一個諮詢機會沒用？我姊出版《比蒼白更蒼白的影》後，阿鬼主動提供建議；我姊說那些建議不但指出劇情的問題，也讓她知道該怎麼寫續集。阿鬼會怎麼看《野馬》、想出什麼結局？我很好奇。」

「可是阿鬼沒有妳這麼瞭解我，也不知道有沒有看過目前內容；」她搖頭，「要阿鬼從頭看再和我討論，可不是一次諮詢就能解決的。」

「這也是我覺得奇怪的地方；」好友道，「阿鬼給妳的建議沒有問題，只是並不具體，和我姊講的情況不大一樣。」

「別管阿鬼了，」作品可以順利完結，她心情很好，「有妳就夠了。」

「嗯，」好友泛起笑容，「我們一起畫新漫畫吧。」

「真的嗎？」她眼睛亮了起來，「妳有空幫我編劇？」

「現在課程很規律，生活也穩定多了；」好友道，「再說，我也該學學妳怎麼安排時間。」

「那要畫什麼？」

「這麼急？嗯……」好友歪歪頭，「就畫我們畫漫畫的過程好了，講兩個好朋友怎麼一起畫漫畫、想故事，以及怎麼互相幫忙，把一個本來有缺漏的故事補好。」

「好；這樣的話，可以叫作《ＦＩＸ》。」她想，這名字不但表示她們修補了故事，也修補了感情。

「聽起來不錯。」

討論了會兒這個未成形故事裡的角色和情節，她掩嘴打了個呵欠，瞥見螢幕角落的時間，驚覺已經聊得太久。

「妳那邊很晚了吧？」好友看見了，「別聊了，早點睡。」

「等等，」自從和好友恢復視訊聊天之後，她就一直想為上回爭吵道歉，只是好友沒提那件事，她也一直沒能鼓起勇氣主動談起；她認為當時自己衝口而出的話嚇著了好友，自己不該在還沒確定好友的想法前就那麼說，「上回我們吵架，那個……」

「喔，那個；」好友眼神露出歉意，「我知道我一時沒反應過來，所以……」

「是我不該……」她急急打斷好友。

「我知道妳的意思……」好友沒讓她說完。

「不是，我是要說……」

「等一下；」好友舉起手，「我快放假了，等我回國，我們再好好聊聊吧。」

「我……喔，好。」可以不用視訊、真的見面了？她忽然有點不知所措。

「時間要空出來哦，」好友放鬆肩膀，笑了，笑容美好得令她眩目，「我有很多話想對妳說。」

她的心跳加速。

無賴

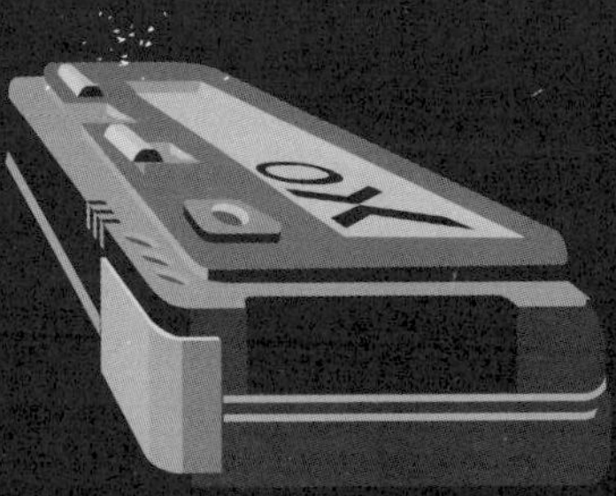

05

男歡女愛，愛過了就會明白，感情的問題時常解不開；
堅決不離開，對你我仍有期待，儘管你說我是個無賴。

〈無賴〉
亂彈阿翔

「你的意思是……」她看著筆記型電腦的螢幕，「你覺得這個劇本有問題，但不知道該怎麼改？」

「不，這個劇本沒問題——還有兩個禮拜就要公演，整排也結束了，哪有什麼問題？」大明星搖搖頭，「就是因為沒問題，所以我才不知道該怎麼改。」

「是喔。」她靠向椅背，仍然盯著螢幕。

好幾年沒讀舞臺劇的劇本了，也好幾年沒聽到「整排」這個詞了——「整排」表示劇團所有人員都到場參與排練，雖然大多不會在正式演出的場地進行，演員也還沒換上戲服和化妝，不過道具、音效等等都已備齊，整齣劇會從頭到尾完整表演；到了這個階段，除了排練之後討論的細部調整外，不會再有太大的更動。整排結束後進行「彩排」，彩排結束後就是公演——她覺得久違的熟悉中摻了點陌生。

不，其實現在整個情況都是熟悉中摻著陌生；她想：大明星說話的方式還是和學生時代一樣，但整個人又有點不大一樣。

大明星不是真的「大明星」，而是這個高中同班同學的綽號。她和大明星高中時期都對戲劇有興趣，一起參加校內話劇社；只是有興趣和實際表演當中有很大的差距，她很快就發現自己沒什麼在眾人目光下用另一個身分說話動作的能耐，所以大多幫忙幕後工作，偶爾上臺也只是當個沒有臺詞的背景配角。

畢業之後，她考進商學院，然後進入銀行工作，學生時代看電影和讀書的習慣保留了下來，但和演藝領域已經完全絕緣。

大明星和她不同。高中時期在話劇社裡，大明星就因為長相帥氣，表演投入，所以獲得了這個綽號；大學時期，大明星已經開始一些零星的表演工作，有些是時裝攝影模特兒，有些是廣告片。大學畢業後，大明星正式進入劇團從事舞臺劇表演，從基礎打磨自己的表演技巧，現在已經常在劇團公演裡擔任主角。她記得有回在劇團公演的廣告傳單上看見大明星的名字，還以為只是同名同姓，盯著傳單上的照片認了半天，才確定飾演主角那人的確是自己的高中同學。

「你看你看，」那時她指著傳單、拉著男友，「這我同學耶！」

「哦？」男友瞥了一眼，沒什麼興趣，「舞臺劇啊？哪個？」

「演主角這個，」她戳戳傳單上的大明星，「我們去看吧？」

「啊？不要啦，舞臺劇都看不懂在演什麼；等等，」男友看看傳單，露出懷疑的表情，「他不是妳從前的男朋友吧？」

「當然不是。」她瞪了男友一眼，「你到底為什麼覺得我和每個認識的男生都交往過？我這麼不挑嗎？」

「妳會選擇我就證明妳很挑；」男友答得理所當然，「所以關鍵不在妳挑不挑，而是妳這麼可愛，每個正常的男生都會想追妳呀！」

那回對話最後轉到相當日常的「晚餐吃什麼」上頭，舞臺劇後來沒去看，她也忘了這事；現下想起，她連帶記起當時覺得驚訝的真正原因——大明星高中時期有點好高騖遠，表演時雖然很認真，但她沒料到大明星會選擇進入劇團，要是大明星變成曝光度更高的影集或電影演員，她大概就不會那麼意外。

這天她陪男友出門逛電玩展，結束後找了家咖啡店歇腿；沒坐多久，男友接到電話，說公司的系統有點問題，需要馬上處理。過去倘若休假時間遇上這類狀況，男友都是直接從背包裡抽出筆記型電腦馬上作業，不過今天就是沒帶。

「看展人擠人所以沒帶電腦，沒帶電腦時就得用電腦，墨菲定律未免也太準了；」男友看看手機上的時鐘，「我跑一趟公司好了，應該不會太久，妳在這裡休息一下，我搞定之後再call妳。」

急著用電腦的人沒帶電腦，不過整個咖啡館裡倒是不少人面前擺著電腦，他們都在做什麼呢？男友離開之後，她環顧四周，忽然發現店內深處沙發區皺眉瞪著筆記型電腦的那人看起來很眼熟。

她和大明星高中後就沒再見過面，在咖啡館裡巧遇，兩人都十分開心，聊起彼此近況。銀行工作沒什麼有趣的事可以講，大明星倒是說了不少劇團工作的實況——成員不怎麼固定，收入也很少，每個人幾乎都得找別的兼差掙錢，很多時候表演變得沒那麼專注，而那個兼差做著做著乾脆就變成正職、放棄表演了。

「前製作業時間很長、很繁瑣，場地更麻煩，排練時還可以將就，想在好一點大一點的地方公演，常常一年前就要申請；不過要在大一點的舞臺表演，戲能不能吸引夠多觀眾賣出夠多的票，就是另一個問題。」大明星做了個鬼臉，「我們從前用學校的禮堂用得理所當然，還嫌東嫌西，完全就是還沒被現實社會呼巴掌的屁孩心態。」

最麻煩的是劇本。「我不想一直演很多人演過的經典戲碼，但也沒找到什麼喜歡的新劇本；後來我在社群平臺上看到一個線上課程，教的是小說寫作，不過廣告裡說課程講的不是文學技巧那類東西，而是故事的組成，也能應用在影視作品之類的領域。我心想有道理，所以買來看……啊，對了，」大明星眨眨眼，「我那時也讀了一部在網路上連載的小說，叫《我們和他們》，那是妳寫的吧？」

「嗯，」她有點不好意思。《我們和他們》連載時大獲好評，但她沒料到大明星讀過。

「我覺得寫得很棒耶！那正好，妳幫我看看我的劇本。」

「劇本？你寫完了？好厲害！」

「對，叫作《無賴》。那個課程蠻不錯的，還可以問講師問題，講師的回答也很有用；」大明星在觸控板上移動手指，「我剛正在苦惱要怎麼改。」

「你剛明明在玩新接龍。」

「就是因為不知道怎麼改才會玩遊戲放空啦；」大明星把螢幕轉向她，「妳看看有沒有什麼想法。」

「不是可以問講師嗎？」

「我發問的quota在寫劇本時就用光了。」

大明星認為《無賴》沒問題，而且既然已經進入整排階段，代表導演也認為沒問題——「導演很喜歡啊，完全沒有更動我的原始架構，所以問他也不會有什麼用，」大明星在她讀劇本時補充——可是在距離公演只剩兩週的時候，卻出現了必須修改的狀況。

有家廠商的行銷主管與大明星接觸，想請大明星代言該廠商的產品。大明星把行銷主管介紹給劇團經理，提了這齣籌備中的舞臺劇，簡單介紹大致的內容；行銷主管很有興趣，表示倘若大明星接下代言，廠商可以贊助舞臺劇的演出經費，還會包下特定數量的座位，招待客戶看劇。

「聽起來不錯呀。」她道。

「是不錯，」大明星表情微妙，「不過有但書。」

廠商高層的思想比較傳統，希望代言人的形象清新正派，「我看起來符合他們的條件，」大明星指指自己，再指指螢幕，「可是妳剛讀過劇本了，我演的那個主角殺了人，這個他們無法接受。」

「都什麼年代了還這麼想？」她有點訝異。

「我本來也覺得這想法太過時，」大明星道，「不過和那個行銷主管聊了一下，倒是有了別的想法。」

行銷主管表示，現代社會的法律理論上由民主程序制定、全體國民遵行，因此判決有罪，代表整個社會認定這人犯罪，「事實上大多數人不會熟悉所有法律條文，也不清楚從偵查到審判的所有過程，如果整個過程裡有哪個環節出了錯、這人是冤枉的，他的形象還是個罪人。」大明星道，「何況我的主角犯的還是重罪，廠商當然想要避免；我本來想說服廠商，但聽了之後也覺得這顧慮不是完全沒道理。」

劇團經營困難，而廠商開出的條件對劇團和大明星而言都很優渥，於是劇團經理答應會做出調整，參與的成員也都承諾，無論如何修改，大家一定盡全力配合；「結果問題落回我頭上；」大明星歪歪脖子，「主角殺人和我想傳達的悲劇主題有關，所以我得設法證明主角無罪，同時兼顧悲劇主題。如果我想不出怎麼改，其他人不管盡多少力配合都沒用。」

或許那種「熟悉中摻著陌生」的感覺也包括我自己——她看著螢幕，想起自己寫完《我們和他們》後，讀小說看電影的眼光變得與從前不大一樣，有點像是一個人知道某個魔術技法如何組成之後，還是可以享受魔術表演，但不會完全只看到演出的表象。

至少，她看得出來，這個劇本有好幾個地方需要修改。

《無賴》的時空背景設定在二十世紀九〇年代末期，國內經濟成長的高峰期已經結束，還沒迎來新世紀初期的全球性金融風暴，貧富差距明顯；網路和手機還沒進入絕大多數人的生活，隨身帶個俗稱「ＢＢ叩」的傳呼機就已經相當時髦。

大明星飾演的主角綽號「無賴」，是個在鐵工廠工作的工人，手藝不壞、頗受肯定，但常覺得自己時運不濟，希望能有機會翻身、脫離藍領生活。「愛國獎券」已經停止發行、後來的「公益彩券」還沒上市，無賴有點錢就會去參與地下簽賭，可惜賺少賠多。

與鐵工廠往來的幾家公司當中，有家公司的出納叫作阿琳，個性活潑，瞇著眼睛的微笑能把人融化，睜圓眼睛的潑辣則讓人難以招架，公司裡的男性員工都喜歡她，不過自從無賴代表鐵工廠到公司討論過幾回合作細節、請過幾次帳款之後，就在阿琳心裡占了個位置。

阿琳認為無賴的個性並非真的「無賴」，只是有點大男人主義，喜歡在女生面前吹牛，也有點不夠腳踏實地，除了鐵工做得扎實之外，遇上其他麻煩事都想用輕鬆但不見得牢靠的方法胡混。無賴約了阿琳幾次，阿琳告訴無賴，如果要交往就應該以結婚為前提認真交往，不能再亂花錢，得老老實實存款購屋，為將來做打算。

無賴答應了。

兩人交往一段時日，無賴不再簽賭，有了積蓄，阿琳也拿出一部分存款，合資湊齊頭期款，買了一個居住單位，登記在阿琳名下，辦了簡單的結婚典禮。雖然不是全新大樓，只是個中古公寓裡的小套房，但對新婚夫妻而言，已經是甜蜜的天堂。

婚後無賴保證自己會負責養家，要求阿琳辭掉工作，一方面是大男人主義無謂的堅持，一方面是阿琳已經有喜，無賴認為生產之後，阿琳應該專心照顧孩子。

阿琳辭了工作，可是因故小產，寶寶沒能順利誕生；阿琳在家休養了一段時間，並未返回職場，夫妻倆一直為阿琳下次懷孕而努力，但這個「下次」一直沒有出現。兩人到醫院檢查，得知阿琳的身體狀況已然無法受孕；無賴和阿琳討論要領養孩子，但阿琳覺得既然自己無法生育，領養什麼時候進行都可以，所以應當先把房貸還清、存筆錢，再去辦領養手續。

阿琳提議回職場上班，無賴不肯答應，說現在只有兩個人一起生活，自己的收入負擔得起。事實上無賴偷偷恢復了簽賭的習慣，雖然下注金額十分克制，但家裡的存款遲遲無法累積。

幾年過去，無賴和阿琳爭吵的頻率逐漸增加。雖說床頭吵床尾和似乎是許多夫妻的日常相處模式，但無賴和阿琳之間的互動已與新婚時期明顯不同。

「我決定了，」一天下班之後，無賴對阿琳道，「我要自己開工廠！」

「發神經喔，想自己當老闆？」阿琳白了他一眼。

「我在工廠做這麼久了，老闆會的我都會，而且我自己就有技術，可以一起幹；」無賴胸有成竹，「當老闆有什麼難的？」

「老闆不用自己會做鐵工，老闆要有錢；」阿琳道，「你哪來的本錢開工廠？」

「一開始規模不用太大，只要向每個同事借一點就可以了；」無賴興沖沖道，「而且妳應該還有私房錢吧？」

「那是存下來應急用的，」阿琳搖頭，「不能亂花。」

「這怎麼是『亂花』？」無賴道，「開了工廠，妳就是老闆娘了！」

阿琳拗不過無賴，拿出自己最後的二十萬元；無賴向幾個同事借錢，但湊不齊該有的金額。無賴心忖，這時就該展現男子漢的氣概，到簽賭站下幾個大注，結果輸掉大半；倘若把手頭餘錢還給同事，阿琳提供的二十萬元就幾乎花光。

無賴沒臉坦承自己簽賭輸錢，每回阿琳問起工廠的進度，無賴就隨口搪塞；阿琳聽出有異，厲聲逼問，兩人爭執的次數愈來愈多，火爆程度也提高好幾個等級。每次吵到不可開交，無賴就乾脆離家到朋友阿升的住處窩幾天，等阿琳氣消了再回去；久而久之，無賴像是住在阿升家裡，一週只有幾天回到自家套房。

「這樣下去不是辦法，」阿升勸無賴，「女人嘛，哄一哄就沒事了。帶嫂子出去玩一玩，開開心，你們是夫妻，有什麼不能解決的？」

「去哪裡玩？」無賴哼了一聲，「我可沒錢。」

「不用花大錢，」阿升建議，「逛逛夜市也不錯呀。」

逛夜市的確不錯。阿琳心情很好，兩人之間的氣氛也很愉快，尤其是返家後阿琳主動貼上無賴求歡，無賴覺得彷彿回到新婚時代。

阿琳的內褲被扔在地上，裙裝還沒脫，無賴已經把她壓在床上開始動作，可惜沒過多久，阿琳又提起那二十萬元的事。

「妳現在講這個幹嘛？」無賴沒了興致。

「如果不開工廠，你就把錢還我；」阿琳皺眉，「要不是沒錢，我也不用……」

「不用什麼？」無賴的聲音大了起來，「妳和我上床是想要錢嗎？」

「你怎麼可以說這種話！」阿琳的音量不輸無賴。

兩人再度吵了起來，與以往不同的是，或許因為本來計劃求和卻希望落空，或許因為已然挑起的慾望被硬生生截斷，這回無賴比從前更生氣。

無賴動了手。

第一拳之後阿琳還在罵，第二拳之後阿琳滾下了床。無賴跨出床沿、騎坐在阿琳身上，伸手扼住阿琳的脖子。

「我先講幾個感想，包括我覺得很好和一些不大確定的部分；」她對大明星道，「你聽聽看，或許能找出修改的切入點。」

「太好了！」大明星兩眼放亮。

「只是討論，不是批評；」她強調，「而且有些東西搞不好是因為我沒看懂。」

「別在意，」大明星笑著搖手，「就說我已經不像從前那麼屁孩了。」

「我記得有一回校刊報導說話劇社公演表現欠佳，尤其是主角演出很沒說服力，你氣得說要去校刊社揍人。」

「喔，那是藉口。」

「啊？」

「我聽說寫那篇報導的學妹長得很漂亮，所以想去看看。」

「什麼啦。」

●

阿琳昏了過去，無賴發現自己下手太重，一時不知如何是好，縮著脖子離開住處，回到阿升的家。阿升要無賴約阿琳去逛夜市，以為無賴晚上會留在住處，看見無賴又跑回來，有點訝異；無賴說去逛夜市很開心，但後來還是吵了架，所以沒留在家裡，沒講自己動手打人。

「先說我認為寫得很好的部分——無賴家暴之後溜了。」她道，「這是整個故事的關鍵，所以我剛仔細想過，這樣處理無賴的反應有沒有問題？例如無賴怎麼不把阿琳救醒？或至少待在旁邊等阿琳醒來後道歉？但想過之後，覺得無賴的反應是很合理的。」

「是啊，無賴或許覺得自己下手不重、所以阿琳沒有大礙，而且不知道該怎麼道歉，等阿琳醒來面對阿琳只會尷尬……諸如此類，可以講得很複雜，也可以講得很簡單，就是『這麼做符合角色設定』。」大明星點點頭，「我對『無賴』這個角色設定蠻有自信的，劇情推進到這個階段，觀眾肯定會理解無賴為什麼一聲不吭地跑了。」

「說不定因為這角色的個性和你自己很像？」

「喂。」

過了兩天，阿琳沒有聯絡無賴。無賴的心裡很忐忑，再等兩天，撥打阿琳的傳呼機，阿琳沒有回電，撥打家裡電話，阿琳也沒接。無賴回家，大門鎖著，按了門鈴，阿琳沒開門，無賴站了一會兒，低頭走了。又過一週，也就是逛夜市那晚的十一天後，警察出現在鐵工廠——阿琳死了，警察要找無賴問話。

「無賴開溜的反應很合理，不過對照後來的發展，無賴應該會覺得很後悔。」

「我就是要讓觀眾有這種感覺。」大明星道，「現實人生也是這樣的，我們常常做出自認為合理的判斷，可是結果和我們希望的完全不同；有時候情況是相反的，我們都已經預料到結果不會太令人高興，卻還是勉強自己去做某些事。」

警方找無賴的前一天，阿琳的對門鄰居阿寶聞到阿琳家傳出怪味，想起好幾天沒看到阿琳，覺得不大對勁。阿寶報警後，警方找鎖匠開了門，發現阿琳死在臥房。法醫檢查屍體，判斷阿琳已經死亡至少五天。

無賴被帶到警局，承認自己曾經毆打和勒昏阿琳，看過案發現場照片之後，覺得和自己離開時似乎沒什麼不同、阿琳仍穿著同一件裙裝、內褲仍在地上，但強調未下重手，離開時阿琳仍有呼吸。

套房沒有強行進入的跡象，警方排除外人入侵、殺害阿琳的可能。過了兩天，警方查出阿琳戶頭沒剩多少存款，家裡的現金也不多；此外，一名從事房屋仲介業的伍先生找上承辦警員，說自己出國旅遊兩週，前天回國，去找阿琳時得知阿琳身亡的消息。伍先生表示，阿琳曾經委託他賣房子，已經把房契和私章交給他；伍先生昨天聽聞阿琳身亡後去找了代書、取回放在代書那裡的房契和私章，到警局想詢問偵辦進度，好處理相關手續。

警方詢問無賴，無賴表示不知道阿琳的賣屋計畫，也不認識伍先生；與此同時，警方從無賴鐵工廠的同事口中得知，這一個多禮拜當中，無賴工作常常心不在焉、精神渙散，還發生諸如量錯尺寸、焊點不牢之類從前沒發生過的工作失誤。

無賴在警方心中的嫌疑增加了。

經過反覆訊問，警方突破了無賴的心防，無賴坦承自己曾想私下拿房契去抵押借款、早就發現房契不見了，因而懷疑阿琳在外另結新歡，想偷偷賣掉房子、離開自己；聽從阿升的建議帶阿琳去逛夜市，除了求和，更重要的是將阿琳留在自己身邊。阿琳求歡時無賴很高興，所以阿琳再度提及那二十萬元的事，無賴的情緒大起大落，比平常更暴躁，才會出手打人。

警方告訴無賴，並未查到阿琳另有男友，阿琳想要賣屋，只是因為無賴拿走二十萬元存款，但每個月交給她的部分收入根本不敷使用。警方也指出，阿琳被無賴揍昏時就休克了，而無賴沒有照料、沒有送醫，阿琳死亡現場仍維持無賴離開時的狀況，顯見因缺乏必要的救助而身亡。無賴事後雖然試圖聯絡，也曾返家，但沒有進門探視，可見早知自己可能下手過重，不想面對真相，倘若無賴開門進屋，阿琳或許仍有救治機會。無賴揍人時就算沒有殺意，仍需為阿琳的死付出代價。

無賴崩潰痛哭。

「最後一幕是簡單的法庭場景，法官宣判無賴有罪，無賴低頭背對觀眾走進舞臺深處，幕落，劇終。」大明星一攤手，「妳看，很完美呀，個人的悲劇反映出時代的悲劇，一時的失控釀成罪行，無賴的背影代表已經做的事沒法子回頭彌補，只能繼續耗用未來為過去贖罪。」

「你這套說詞事先練過了吧？」

「當然，免得受訪時講得不夠漂亮。」

「那我要說我不大確定的部分了。」

「好，妳覺得哪裡有疑問？」

「警方懷疑無賴，這個可以理解；」她道，「可是法官認定無賴有罪，證據看起來不大夠。」

檢調單位掌握的證據包括：一、無賴坦承毆打、勒昏阿琳；二、無賴覺得案發現場照片與自己離開時一樣，包括阿琳的穿著；三、事發後無賴上班精神不集中；四、事發後無賴雖嘗試聯絡阿琳但沒實際登門找人。

「第一點沒什麼問題，但第二點很奇怪——除非房裡擺設出現很大的變化，不然我認為一個人很難光看照片就確定現場『一模一樣』。」她扳著手指計算，「阿琳的內褲是隨手扔的，無賴不會記得準確的位置，覺得現場和自己離開時一樣，最多只能證明臥室在無賴離開後沒有太大的改變，但不表示沒有別人進出過那裡。」

「但阿琳的穿著也沒變哦。」大明星強調。

「我不確定無賴會不會那麼細心，」她扁扁嘴角，「有些男生根本不會記得女生穿過什麼。」

「呃……」大明星想了想，「好吧，妳說得有理。」

「再說，從事發到報警，中間隔了十天，如果阿琳昏迷後醒來，無論是去看醫生還是照常生活，都有機會又穿同一套衣服。」她續道，「無賴上班精神不集中，可能的解釋太多了；無賴對自己動手打老婆很羞愧、不確定阿琳會有什麼反應、阿琳又不聯絡也不接電話、不知道兩個人未來該怎麼走下去……這些都會讓無賴無心工作。」

「那無賴回家但沒有進屋子，該怎麼解釋？」大明星問。

「無賴應該是心中有愧，所以不想直接回家，才會試著打電話；而阿琳不接電話，讓他覺得阿琳的氣還沒消，就更不敢回去。等到真回去了，阿琳沒開門，無賴會以為阿琳不在，或者還在生氣。」她頓了一下，「還有另一個可能：因為阿琳想瞞著無賴賣掉套房，所以可能早就換了鎖，就算無賴想開門也沒有辦法。」

「對耶……」大明星微微皺眉，「照妳這麼說，我安排的這些疑點就都沒什麼值得懷疑的了。寫過推理小說果然不一樣。」

「沒有啦，」她搖搖頭，「我本來根本沒想過要在自己的小說裡加推理情節。」

「不過我居然都沒想到這些，可見還需要努力。」

「寫故事的時候容易當局者迷，所以看不到自己故事的漏洞；」她道，「我也是創作新手，有一樣的經驗。」

「其實我要努力的部分還有很多啦，」大明星聳聳肩，「我在劇團負責的主要是幕前演出，和演員們比較熟，該找哪些演員負責哪些角色之類的我大概都先想好了，但是燈光道具之類的安排就不大行，所以寫的時候先在腦子裡排演過整齣劇，避開那些技術難以克服或需要太高成本的設計；導演看劇本的時候主要在幫我補上這方面沒寫清楚的細節，可能也因此沒留意到故事本身的不足。」

大明星的確變得與從前不同了——她一面想，一面安慰，「我覺得光靠一個寫小說的線上課程、第一次寫劇本就能寫出這個故事，已經很棒了；你應該坐在螢幕前面花了不少時間聽課吧？」

「聽課？沒有；」大明星道，「那個線上課程提供的是講義的文件檔，講義寫得很簡單，也舉了一些實例，只是講師當範例的那本小說我沒聽過。寫的時候遇到困難，可以寫電子郵件問講師，最多問三次。」

「所以你已經問過三次，」她想起大明星提過已經用光提問配額，「講師都沒提到故事的問題？」

「三次都是寫的時候問的，講師沒讀過整個劇本，我連大綱都沒給；」大明星解釋，「我又不知道講師的真實身分，不想把還沒演出的內容洩漏出去。」

沒讀過完整故事，能給出合適的建議嗎？她好奇，「你都問了什麼？」

「我想增加無賴動手打人之後的緊張感，所以希望在屍體發現前，無賴沒法子聯絡阿琳，觀眾不知道阿琳後來怎麼了，就會開始朝『可能出事了』的方向猜測；」大明星道，「講師建議把時空背景放在還沒有手機的年代，這樣找人就不方便。」

「但這沒什麼意義吧？」她不同意，「就算有手機，讓無賴打阿琳的手機、但阿琳沒接，不是也有一樣的效果？」

「咦？對耶；我怎麼沒想到？」大明星眨眨眼，「那時我覺得這個建議很好，因為我小時候家裡就是開工廠的，能夠更切身地瞭解故事裡主角的環境。再來，第二個問題是我想要增加無賴的嫌疑，所以講師建議讓工廠的工人證明無賴工作時精神不集中。」

「這個建議也不怎麼樣。」她搖頭。

「對，妳剛說過，精神不集中的可能解釋太多了，雖然有增加嫌疑的功能，但沒有確定犯行的作用。」大明星清清喉嚨，「最後一個問題，我想讓阿琳有個動機一直向無賴提起那二十萬，所以講師建議增加阿琳的財務困境；於是我想到可以讓阿琳賣房子，而這事如果被無賴知道了，也會讓無賴誤會阿琳想離開自己，憤而動手。」

「這建議倒是挺有用的。」

「有用也不成，照妳說的，無賴成為凶手的證據根本不夠；」大明星嘆了口氣，「我的故事裡也沒有其他角色可能成為凶手，所以就算無賴的罪證不足、不會被當成殺人犯、符合廠商的要求，這故事感覺還是沒有結局、不算完整。」

「我的意思是，」她看著大明星，「這建議可以用在修改劇本上頭。」

「你剛提到讓阿琳賣房子來解決財務困境，不過套房是無賴和阿琳結婚時合買的，賣掉它應該是終極手段——在決定賣房子之前，阿琳沒想過其他賺錢的方式嗎？」她問，「就算無賴反對她去上班，但真沒錢了她應該還是會想辦法吧？阿琳做過出納，應該可以再找類似的工作。」

「嗯，啊，我想到了；」大明星思考了一會兒，「阿琳不知道無賴已經把錢賭掉了，以為那二十萬還在，只是無賴還想著要開工廠才沒拿回來。直到阿琳判斷那二十萬大概已經不用指望了，才會乾脆想把房子賣掉——因為阿琳打算離開無賴，連房子都不要留下。」

「合理。」她點頭，「我想到另一件事，和你剛提的時代背景有關。九〇年代後期，電腦開始進入許多中小企業辦公室，阿琳離開職場好幾年，不會用電腦，想再求職就不會那麼順利。」

「咦？結果關於時空背景的建議反倒在這裡發揮了作用？」

「對。阿琳找工作不順利，就不會有穩定的收入，那臨時需要一筆款子應急的時候怎麼辦？」她建議，「找地下錢莊如何？這樣可以加入黑道，就有其他凶手人選了。」

「那就得增加演員，我想想……」大明星歪了會兒腦袋，又把頭擺正，「不對，先不管增加演員的問題，黑道殺掉欠債的人沒什麼道理吧？殺掉阿琳，錢還是拿不回來嘛，應該逼阿琳去賣身還債才對。」

「就是這個！」

「讓黑道逼良為娼？」

「不需要黑道；」她一方面因為找到修改方向而開心，一方面覺得創作者筆下的角色有點可憐，「你的故事裡有現成的角色可以用。」

《無賴》講的是經濟起飛年代的中後期，金錢主義掛帥，而社會當中卻有人因故沒能享受到繁榮帶來的好處，反而因此受害。

這部分原來聚焦在無賴身上——擁有傳統產業的技能，但因受了賺快錢的誘惑而參與地下簽賭，導致出現財務問題，連帶改變了人生道路。

可是，當時不只男性會面對這種狀況。

「不管阿琳認為無賴只是因為要開工廠所以不還那二十萬，還是那二十萬已經沒了，日常生活都需要錢，所以已經瞞著無賴開始找工作。無賴反正常常外宿，不會發現，就算發現了，阿琳也有無賴沒法子回嘴的正當理由。」她向大明星說明，「阿琳求職並不順利，但是因為長得好看，所以某一次面試的時候，主管向阿琳提出用錢交換性服務的要求。」

「還是讓主管說要包養阿琳？」大明星跟上了討論。

「主管包養阿琳的話，阿琳就沒有財務問題了。」她指出，「主管可能沒那麼富有，也不會付太多錢。阿琳不會認為自己真的成為性工作者，只是在需要錢的時候去陪那個主管。而且，阿琳對無賴說『要不是沒錢，我也不用……』本來的意思是『我也不用賣房子』，加入這個情節之後，觀眾想起這句話，會知道阿琳講的是『我也不用去和別人上床』。」

「似乎可行……所以妳想讓這個主管當凶手？」大明星開始計算，「至少要多加一個求職場景，得有道具，要增加阿琳的臺詞；不需要黑道，不過還是得加個演員演主管……」

「我剛說有現成的角色啦，」她道，「伍先生不就是可以當主管嗎？」

「這個選擇不錯；」大明星睜大眼睛點頭，「讓伍先生和阿琳發生關係，同時也花言巧語說服阿琳賣掉房子，伍先生就是經手賣屋的房仲，還可以從中抽佣。而且伍先生認識阿琳，所以阿琳會讓伍先生進門，或者伍先生根本就有套房的鑰匙，現場才不會有外人入侵的跡象；兩人有關係，也能解釋為什麼那條內褲被扔在地上。」

「只是還是得加一個場景，」她道，「這好像省不了。」

「我想到了簡單的解決方法。」大明星道，「不用演的，讓證人講，本來就有警察詢問證人的橋段。」

警察詢問證人的場景很簡單：一張桌子、兩張對坐的椅子，上頭安盞燈打光下來，舞臺其他部分都是暗的，淨空。這場景不需要另外準備，伍先生來找警察、警察詢問無賴同事時，用的都是同一組道具。

甚至連證人角色都是現成的。

「我可以讓阿寶當這個證人。阿寶是聞到異味、又想起好幾天沒看到阿琳然後報警，所以發現案發現場的角色，本來就會被警方詢問，只是原來的劇本裡省略了。」大明星道，「演阿寶的是個新人，沒幾句臺詞，本來只有在發現屍體那幕戲有上場磨練的機會，就讓新人多講點話吧。」

警察發現阿琳的屍體之後，將報警的阿寶請回警局做筆錄。

「妳和死者很熟嗎？」警察問。

「我們是鄰居，常常聊天。」阿寶答。

「妳知道有誰會進出死者住處嗎？」警察問。

「阿琳和她先生一起住，不過常常吵架，她先生現在每個禮拜只回來幾天。我記得上個禮拜有看到她先生，最近幾天就沒看到了。」阿寶答。

「除了死者的丈夫，還有誰來拜訪過死者？」警察問。

「沒有……欸？」阿寶思考了一下，「我想起來了，前幾天我看到一個穿花襯衫的男人從阿琳家出來，戴著墨鏡，看起來不是她先生。」

「看起來不是？」

「確定不是。」阿寶用力點頭，「沒有她先生那麼高，我不會看錯。」

「但是妳不認識？」

「不認識。」

「再見面認得出來嗎？」

「認得出襯衫啦，大紅色的，長相就不確定了。」

「記得是哪一天嗎？」

「上個禮拜四中午。」

「禮拜四中午……」警察搖筆記錄，「沒有其他人來過？例如同事之類的？」

「阿琳沒在上班啦，她有在找工作，但一直找不到。她跟我說現在想找工作，都要會用電腦，可是她不會用電腦，又已經離開公司好幾年了，想再回頭找工作很難啊。」阿寶哼了一聲，「而且阿琳還說，有些主管很豬哥啊，面試的時候根本就是看著她流口水。」

「遇過騷擾？」

「這個就不知道了。不過，警察先生，」阿寶壓低聲音，「偷偷跟你說，阿琳開始找工作之後，交朋友的狀況好像變得比較複雜。」

「交友狀況？妳剛不是說沒有其他人到訪？」

「可以約在外面嘛；」阿寶悄聲道，「有一天早上，我看見阿琳從外面回來，打扮得很漂亮，不過看起來就是在外面過夜的樣子。我問她是不是出去玩，她講得很含糊，我問了半天，她才說和朋友去唱卡拉OK唱通宵；我說還沒找到工作不要亂花錢，她說錢是朋友出的，還叫我不要告訴她先生。」

「妳的意思是死者和別人從事性交易？」警察聽出阿寶話中有話。

「我可沒這麼說哦；」阿寶掩住嘴巴，「你不要亂講。」

「知道那個朋友的名字嗎？」

「阿琳只說叫『XO』。」

「XO?」

「洋酒那個『XO』啦!」阿寶道,「喝得起XO,這個朋友一定是有錢人。」

「等等,」她舉起手,「阿寶加這麼多臺詞,演員沒問題嗎?」

「應該還好,那個新人很認真,而且因為是對話,所以警察的臺詞有提醒作用,聽了那個問句就會想起該說什麼;」大明星道,「況且也不用完全照背,把該說的重點資訊講出來就好。不過,阿寶或許認得出伍先生,因為伍先生既然慫恿阿琳賣房子,可能自己來看過現場。」

「這得看你打算讓觀眾懷疑無賴多久。」她道,「如果警方知道伍先生來找過阿琳、日子又接近法醫推斷的阿琳死亡時間,第一個嫌犯就會變成伍先生,不是無賴。我覺得你只讓阿寶講花襯衫男子的身高和穿著蠻好的,『比無賴矮』沒太大作用,只要伍先生去找警察時,穿著上班時的白襯衫,警察不會馬上懷疑這人就是花襯衫男子。」

「但警察還是應該去找出花襯衫男子的身分呀?」

「只有這兩個特徵，一時不會太容易找到；警方也會猜測，或許阿琳某個交易對象到阿琳家裡找人，結果發現屍體，不敢聲張就溜了，那麼嫌犯仍是無賴。」她道，「再者，警方已經開始懷疑無賴，所以容易注意與無賴有關的證詞、設法解釋成無賴犯案的證據，忽略其他線索。」

「維持無賴的嫌疑好了。」大明星決定，「雖然故事的重點不在案件調查，但讓觀眾懷疑無賴，可以加強悲劇成分。」

「阿寶這場戲你要加在哪裡？」

「警方調查一開始就先詢問阿寶；」大明星道，「接下來整幕戲用的都是同一個景。」

警方詢問阿寶之後，伍先生出場，交代了阿琳打算賣屋的事，並拿出阿琳的房契和私章佐證自己的說詞；接下來的橋段，飾演警察的演員在臺上走來走去，一下子站在一側做出敲門問話的樣子，一下子坐在桌前翻檔案打電話，旁白說明：「警方展開調查，但沒有查到任何嫌犯。」

阿升走進舞臺，在警察面前坐下，警察問逛夜市那晚無賴的狀況，以及確認無賴與阿琳時常爭吵；阿升退場，無賴的同事出現，提供無賴工作時精神渙散的情報。警察開始懷疑無賴，對著觀眾說出心裡的想法：無賴毆打阿琳時並不像自己供稱的那樣清描淡寫，棄昏厥的阿琳不顧則導致阿琳死亡。

「然後就是警察逼問無賴、無賴承認自己已經發現房契不見了，一直到警察告訴無賴案情推測，無賴崩潰痛哭。」她道，「崩潰痛哭表現出無賴的悲劇，接下來的情節，應該是某個角色覺得判定無賴行凶的罪證不足，又注意到花襯衫男子的疑點，在最後的法庭場景翻轉結果，同時也表現出阿琳的悲劇。」

「法庭戲會拉長，但不需要增加大道具……」大明星低頭沉吟，「不過勢必得增加一個角色了，也得加一場這個角色調查的戲，這樣整體長度會不會拖太長呢……」

手機響了一聲，「我男友的工作結束了，找我過去一起吃飯；」她看看手機上的訊息，「剛說的那些有幫助嗎？」

「幫大忙了，謝謝；」大明星抬起頭來，「妳快去吃飯吧，我得趕工改劇本。」

「還需要討論的話可以再找我。」

「沒剩多少時間慢慢討論了——改完劇本後要先向導演解釋、和演員溝通，雖然前面大半部分沒有更動，但整排也得至少再做兩回；」大明星道，「幸好，我剛想到一個點子，應該可行。」

「哦？是什麼？」

「到時妳帶男友來看戲吧；」大明星露出微笑，「我送票給妳們。」

《無賴》公演過後一個月，大明星約她吃飯，問起她對戲的看法。

她承認某些部分超乎預期，大明星的表演相當有說服力，「雖然我知道無賴不是凶手，但『崩潰痛哭』那段還是很震撼，老實說，我沒想到你那麼會演。」

「妳對我也太沒信心了，」大明星微笑，「『自編自演』可不是宣傳噱頭，兩邊我都下足了苦工啊。」

「我對你表演的印象只停在高中和你大學拍的廣告片嘛。」她道，「不過男友覺得推理部分太簡略了。」

「這齣戲的重點畢竟不是推理；」大明星問，「那妳覺得呢？我後來加的角色和情節如何？」

「你為什麼會想到那個角色？」

「因為我想，無賴崩潰痛哭，表示已經被警方說服，認為自己失手害死阿琳，所以被起訴後就不想請律師。」大明星道，「那個角色是按照《刑法》規定出現的。」

她看著大明星跪在舞臺中央，燈光暗去，現場響起掌聲；她也跟著鼓掌，一方面讚嘆大明星的演技，一方面期待接下來的發展——她不知道大明星後來怎麼替劇本收尾。舞臺燈半邊亮起，被燈光圈出的部分擺了一張桌子和檔案櫃組成簡單的場景，一名男子坐在桌子後面講電話；幾句對白過去，她明白這個新出現的角色是個公設辯護人。

公設辯護人坐在桌子後面翻卷宗、看檔案，說出心裡的想法：「這個房仲伍先生知道阿琳的住處啊……」，然後拿起電話，打給代書事務所。

「喂？何代書嗎？我是公設辯護人，想請教您，伍先生是哪一天去找您拿房契和印章的？對，就是新聞報的那個案子……」公設辯護人挑了一下眉毛，「上週四下午？您確定？喔，有紀錄啊，好的。」

她沒看漏公設辯護人的表情變化，也沒聽漏那句「上週四」——她明白這是故意的，因為阿寶在證詞裡提過「星期四」。伍先生替阿琳仲介賣屋、知道阿琳的住處，阿琳也會讓伍先生進門；而阿琳遇害現場沒有外人入侵的跡象，所以公設辯護人認為也該查查伍先生，確認證詞。這通電話讓公設辯護人意外發現伍先生去找代書的日期，就是花襯衫男子離開阿琳家的那天，也會讓觀眾想起伍先生向警察說自己出國兩週，那時應該不在國內。

「伍先生嗎？我是公設辯護人啦，想約個時間拜訪你；」他再度舉手做出講電話的樣子，「沒有啦，那個例行公事、走流程而已，要找你主要是我最近想買房子，所以要找專家請教一下啦。」

公設辯護人已經開始懷疑伍先生了，而且聯絡時還先讓對方卸下心防，蠻有心機的嘛；她想：接下來應該就是公設辯護人和伍先生的對手戲了。

舞臺簾幕降下。她有點訝異。

降下簾幕大多因為需要移動大型道具，倘若公設辯護人去伍先生的辦公室拜訪，那只需要在沒亮燈的另一半舞臺放組辦公桌檔案櫃就可以了，甚至直接用公設辯護人的辦公室場景，觀眾也不會看不懂。

幕起。她發現舞臺上安排的是法庭場景。

面對檢方的指控，背對觀眾的無賴沒有反駁，但公設辯護人起身，說明警方掌握的證據並不足以判定無賴殺害阿琳。

公設辯護人講的就是她和大明星當時討論的內容：無賴精神恍惚的原因很多、門鎖換了所以進不了房子，還有無法判定現場是否真的與無賴離開時一模一樣等等。她一面覺得看另一個角色在舞臺上重現她說的內容很奇妙，一面好奇大明星怎麼在兩週內找到一個演員來演臺詞這麼多的角色——這可不像阿寶和警察的那段戲，可以靠對話互相提詞，公設辯護人幾乎是一個人從頭講到尾，這沒有足夠的舞臺經驗是辦不到的。

然後，公設辯護人傳喚證人伍先生。

原來如此；她想：大明星把翻轉全放在這裡了。

伍先生在證人席坐定，有點不安，公設辯護人帶著微笑開口，「伍先生，前幾天去拜訪您，感謝您提供了很好的建議，還和我分享旅遊心得，讓我獲益良多。」

「沒什麼，我常出國，一些景點都很熟。」伍先生放鬆了點。

「您那些照片都拍得很漂亮啊，」公設辯護人道，「對了，今天怎麼沒穿花襯衫來？您照片裡常穿花襯衫，每件都很好看，您有很多件吧？」

「是不少，不過那是下班或放假時穿的，出庭不大適合吧。」伍先生笑了。

「對了，您說要傳房子的報價給我，我好像沒收到？」公設辯護人拿出傳呼機。

「有啊，我傳了兩個報價給你。」

「我看看……」公設辯護人端詳傳呼機上的小螢幕，「喔，『XO』這個嗎？對，有兩筆。」

「對對，我不是告訴你，我傳給你的訊息會加『XO』當代號嗎？」

「『XO』是您的綽號嗎？很豪氣啊，喜歡喝洋酒？」

「小酌一點啦。」

「庭上，」檢察官不耐煩地起身，「我聽不出這些閒聊與本案有什麼關連。」

「馬上回題。」公設辯護人放下傳呼機，拿起卷宗，「伍先生，根據您的證詞，您回國後去找阿琳，得知她遇害，然後去找代書領回房契和印章，對吧？」

「是的。」

「誰告訴您這件事的？遇到鄰居嗎？」

「沒有，呃，我看到新聞。」

「看到新聞了還去阿琳家找人？」

「去了沒找到人，然後才看到新聞。」

「這樣啊……可是我問過代書，根據代書事務所的紀錄，您去找代書的日期和您告訴警察的差了好幾天耶？」

「呃？那大概是我記錯了。」

「有可能；但你去找代書的時候，阿琳的遇害現場還沒被發現，也就是說還沒有人知道阿琳出事了——您為什麼要去領房契和印章？」

「喔，我出國前接到阿琳的電話，說東西放在代書那裡不放心，要我保管，所以我一回國就去處理這件事。」

「阿琳很信任您啊。您去找代書的那天，稍早一點的時候，阿琳的鄰居看到一名穿花襯衫的男子從阿琳家出來，那是您嗎？」

「不是。」

「可是您說您先去找阿琳，才去找代書，那不是您剛回國、還穿休假時的花襯衫，就去找阿琳嗎？」

「我有去過，但那個人不是我，我怎麼會從阿琳家裡出來？」

「阿琳沒給您家裡鑰匙？」

「為什麼要給我鑰匙？」

「我也不知道。不過，」公設辯護人慢條斯理道，「聽說阿琳和一個綽號『XO』的人有肉體關係，您的綽號也叫『XO』，如果那個『XO』就是您這個『XO』，您有阿琳家的鑰匙就說得通了。」

「你不要胡說八道！」伍先生激動起來。

「剛回國，你馬上跑去找阿琳，脫掉阿琳內褲之後卻因故吵了起來；你動了手，然後發現自己下手太重，阿琳已經失去意識，就快快穿好褲子開溜。」公設辯護人瞪著伍先生，「你心想要和阿琳斷絕關係，先去領回房契和印章，過了幾天看到新聞，發現不小心闖下大禍，所以就主動找警察，想撇清自己的嫌疑。」

「亂講！鬼扯！」伍先生起身大吼，法警出手從旁制住。

無賴茫然地抬起頭來。

「你把調查經過簡化、用公設辯護人的臺詞帶過，為的是製造最後高潮吧？」她問。

「還能省一場戲，減少排練時可能會有的狀況，也可以不要把整齣戲的時間拖得太長。」大明星道，「加了阿寶和公設辯護人的戲，法庭部分也拉長了，這都無法避免，其他的我想能省則省。」

「我認為法庭那幕的張力蠻強的，」她道，「不過公設辯護人沒說出阿琳是求職時認識伍先生的，其他觀眾會不會不知道他們為什麼湊在一起？」

「觀眾應該可以從阿寶的證詞裡想像出來——阿寶提過阿琳求職不順、遇過豬哥主管；或者觀眾會以為是阿琳想賣房子時才認識伍先生的。」大明星道，「無論是哪一種想法，都能夠凸顯阿琳的財務悲劇，所以我就沒寫這段；而且，要解釋公設辯護人怎麼查出兩人關係的源頭，就得再塞更多東西進去，時間緊迫，要改的東西愈少愈好。」

「其實，」她在腦子裡重新檢視劇情，「伍先生就是凶手的證據也不大夠。伍先生當然說了謊，這個觀眾一定聽得出來，但是光憑阿寶的證詞，並無法斷定週四離開阿琳家的花襯衫男子就是伍先生，證人的證詞也不是實際物證。如果可以做點別的，例如檢驗阿琳的屍體，就能確定阿琳死前有沒有和伍先生發生肉體關係；或者調監視器畫面……」

「阿琳住的舊公寓裡不會裝監視器啦。」大明星笑了。

「街上呢？」

「九〇年代街上也沒有那麼多監視器。」大明星道，「妳說的這些我都考慮過，只是想了一輪後決定不寫。畢竟公設辯護人的職責不是找出凶手，而是確保當事人權益，所以替無賴洗脫罪名之後，公設辯護人的工作就完成了。至於伍先生究竟是不是真凶，得靠警方繼續偵查，那就不是這齣劇的重點了——《無賴》這劇是兩個普通人想要追求幸福，卻被經濟因素打壓走岔、愛情對抗不了現實的悲劇啊。」

「考慮的很完整啊，真的是個『編劇』了；」她笑道，接著想起，「對了，演公設辯護人的演員是哪裡找來的？臨時上陣、臺詞又那麼多，但表現得很好。」

「那個啊，」大明星神祕地笑笑，豎起大姆指，「是我。」

「啊？」

「有試著找過人啦，但時間太短了；後來我想，劇本是我寫的，我自己演不就好了嗎？灰白假髮加上眼鏡和鬍子、穿套西裝，觀眾就認不出來了嘛。」

「但是法庭……」她剛想問就想到了答案。

「妳想到了吧？法庭上的無賴不是我，所以才會一直背對觀眾、沒有臺詞。」大明星笑道，「法警把伍先生架開、幕落的時候，我直接在臺上把假髮鬍子拿掉，脫掉西裝套上囚服，再走到幕前講無賴最後的獨白。」

「厲害！」

「我可是『大明星』啊。」大明星表情一本正經，然後笑了出來。

「你真的和高中時候很不一樣了。」她道。

「高中時表演，覺得有很多人看就很樂了，到大學時拍廣告，反倒覺得有點不滿足，但說不清楚是怎麼回事。後來我想通了，我認為表演者是詮釋故事的人，拍廣告不是不需要演技，只是廣告片大多沒有完整的故事。」大明星道，「所以我才會加入劇團，除了想磨練演技之外，也想理解故事是怎麼組成的。發現妳會寫小說之後，我真的覺得很了不起。」

「你現在也已經成為編劇啦。」

「菜鳥編劇，要走的路還很長；」大明星道，「我上週才買了幾本講電影編劇的書，《故事的解剖》、《人物的解剖》和《對白的解剖》，才讀了一點點，就發現我先前對故事的組成認識好粗淺。」

「想成為電影編劇？」

「有機會當然不排斥，但主要是想多方面搞懂故事。」大明星道，「而且我覺得寫小說更難。小說不能仰賴演員、不能仰賴幕後的技術團隊；演員要演好一個角色需要演技，但演得好就能增加對白的力道，用表情、動作等等在觀眾心裡製造更大的情緒反應，要做一個場景很麻煩，但做出來後觀眾一看就知道那是什麼。可是寫小說沒有這些輔助，唯一的工具就是文字，妳得靠文字達成所有目的，所以我覺得寫小說很困難。」

她想起創作《我們和他們》時，光是要用文字好好推進情節，她就已經花了很大的功夫，並沒有仔細考慮每個字詞是否精準傳達了情感或者正確地塑造氛圍。「你這麼一說，我也覺得難了。寫小說我也是菜鳥啦，」她承認，「而且寫的時候遇到很大的麻煩，最後的成品是原來預計的三倍長。」

「唔？我記得妳從前做事很有計畫耶？」

「對呀，也是因為不夠理解故事就開始寫的關係。」她道，「幸好那時有個叫阿鬼的網友幫忙。」

「阿鬼？」大明星皺起眉，「我買的那個線上課程，講師就叫阿鬼。」

當初她在線上平臺連載《我們和他們》、接近尾聲時，接到阿鬼的電子郵件，不僅分析了她的作品，也讓她明白，《我們和他們》倘若按她原來的計畫結束，就會變成一個有缺漏、不完整的故事。「我剛說小說後來變成三倍長，就是這個原因；」她把與阿鬼討論作品的過程告訴大明星，「阿鬼提供了非常實用的建議，你覺得那個故事寫得不錯，其實得算是阿鬼的功勞。」

「妳認識阿鬼嗎？」大明星問。

「我不知道阿鬼的真實身分。」她搖頭，「我們通信全都在討論小說，沒有自我介紹；小說完成之後，我寫過信道謝，但是沒收到回信。」

「剛聽妳說的討論過程，阿鬼蠻行的，提出的建議都很有用；但是我買的那個線上課程內容就沒這麼好，妳也看到結果了。」大明星表情狐疑，「事實上，我找書買書的時候，發現講寫作或編劇技法的書裡頭，都用不同方式講了很類似的故事組成元素，阿鬼的講義就是個東拼西湊的簡化版，給的建議也不夠實際。」

「或許是因為阿鬼不知道《無賴》整個故事，也沒看過大綱，所以建議很籠統？」她猜測。

「阿鬼有向妳收費嗎？」

「沒有。」

「有推銷線上課程給妳嗎？」

「也沒有，他根本沒提過自己有線上課程。」

「這很奇怪；」大明星瞇起眼睛，「阿鬼沒有趁機向妳推銷課程就算了，還免費幫妳，為什麼？」

「我也不知道。」

大明星看看她，「這可以當成下一本小說的題材哦。」

回到與男友同住的套房，男友正在玩一個多月前買的那款新遊戲，視線鎖在螢幕裡頭，桌上擺著吃完還沒收的泡麵碗。她洗了澡，換回家居服，坐在男友身旁的沙發上，好一會兒沒說話。

「在想什麼？」男友的聲音響起，她回過神，發現男友不知什麼時候暫停了遊戲，「和高中同學吃飯不開心？」

「蠻開心的呀。」

「我就知道，前男友嘛，還想著人家。」

「就說不是了！」她舉拳作勢要捶，「吃完麵也不收拾！」

「馬上收！」男友拿起碗走向流理臺。

「我在想別的事。」她跟了過去，「這次劇本是因為廠商要求改的，我本來覺得那個要求沒道理，但在幫忙想怎麼修改的時候，慢慢察覺『證據是否充足』很重要——不單是因為故事裡要有正確的推理，也因為這會牽涉到要不要把『罪犯』的標籤貼在一個人頭上。」

「嗯……」男友沖水洗碗，「我記得那齣舞臺劇最後也不算有找到真凶。」

「對，有疑點，但證據不夠。」她道，「不過重點在確認主角不是凶手。」

「妳很厲害耶。」

「嗯？」

「因為妳幫忙改了劇本呀，」男友道，「這等於是妳救了一個人。」

唔？她愣了一下，嘴角浮起笑意，幫男友把碗放上瀝水架，想起另一件事，「你記得阿鬼嗎？」

「妳連載小說時寫信來的那個？」男友邊擦手邊問，「我以為妳寫完小說就沒再繼續聯絡了。」

「對。」

「那妳問這幹嘛？哦——」男友深吸一口氣，「妳發現阿鬼是妳高中同學？」

「不是啦！」她笑了出來，接著記起當初接受男友追求、交往這麼多年的原因，就是因為男友永遠知道怎麼逗她笑。

男友也笑了，「那是什麼？」

「我只是在想，我應該再寫封信給阿鬼。」

湯伯小吃店

06

他望向窗外，看著那人走進來

〈Tom's Diner〉
Suzanne Vega

Tom's Diner

小說接近收尾階段。

已經完成一萬多字，她估計大約占整篇小說的三分之二，進展沒什麼問題，寫得比她從前任何一次創作練習都順利，順利得幾乎讓她吃驚。

她認為原因在於這回在那個線上課程的協助之下，做足了事前準備的緣故。

可是愈接近小說結局，她寫得就愈遲疑——不是因為她不知道結局，結局她早就決定了，甚至在這篇小說還沒個雛形時她就已經確定該要如此收尾，大綱是以這個結局為前提擬出來的，開始撰寫內容之後推進得也十分理所當然。但她愈寫愈覺得不對勁，彷彿從前瞞著家長做些不能明講的刺激行為前先想好了無懈可擊的藉口，但真要拿出來應付時卻怎麼聽都覺得很假一樣，父母親一臉不信，連她自己講得都很心虛。

難不成是因為我讓凶手的說詞聽起來太像實話、搞得連我自己都覺得這角色不是凶手了？她想：不對，我明明就知道這角色為什麼能講出好像很誠實的謊話，再說，推理小說不就是要在最後讓讀者發出「喔喔原來這角色才是凶手啊」的感嘆嗎？呃，但我的小說一開始就指出這個角色是凶手，只是得揭穿謊言，這樣算是推理小說嗎？徵文獎評審會不會覺得它根本不符資格？

愈想愈頭痛了。先寄給學長看看、問問他的意見吧！她打開電子郵件信箱，快快打了幾個字，點選附檔寄出。

天空飄著雨。

早上九點多，店裡已經撐過最忙的時刻，匆匆買個三明治或蛋餅外帶的學生與上班族掀起的混亂旋風衝進來又衝出去，現在還坐著的都是老主顧，一面用餐一面和老闆湯伯閒話家常。有的說昨天整日陽光大好，誰知半夜下起大雨，一早就聽到有些路段積水、影響交通的新聞；有的說幸好現在雨小了很多，否則方才那些趕著上班上學的客人八成都會因塞車遲到；有的說昨晚地方望族的喜宴露天設席、排場很大，還好沒被雨壞了興致；有的說昨天在喜宴上遇到湯伯，假意埋怨湯伯沒多喝幾杯。

「我得騎車回家，不能喝太多；」湯伯笑呵呵道，接著壓低聲音，「而且我回家路上還遇到酒測。」

「哇，酒駕零容忍耶；」一個客人問，「結果怎樣？」

「還好，臨檢的警察是阿鴻啦；」湯伯道，「我再兩條街就到家了，也真的沒喝多少，所以他放我一馬啦。」

「湯伯小吃店」從清晨營業到午後，基本上全年無休，每天早上九點到十點左右，店裡幾乎就是里民聯誼會。有人問過湯伯為什麼不做晚餐生意，湯伯說自己習慣早睡早起，晚上做生意會影響作息；有人問過湯伯為什麼不娶個老婆幫忙店務，湯伯說自己年紀大了、單身慣了，沒必要多找麻煩。

一名矮壯的男人收起雨傘，走進店裡；湯伯打了招呼，「要點什麼？」

「我不是來吃早餐的，」矮壯男人搖搖頭，「有事麻煩你到局裡一趟。」

常客認出矮壯男人是分局刑警，低聲議論——大概是酒駕的事吧？湯伯也這麼想，低著頭，「喝酒騎車是我不好，不過……」

「和酒駕沒關係。」刑警繃著臉。

既然和酒駕沒關係，常客們也就放心了——湯伯人那麼好，會有什麼大不了的事得上警局？不料刑警續道，「你是通緝犯，我要帶你回去偵訊。」

「我覺得這個開頭寫得不錯；」學長的手指在電子紙螢幕上滑動——昨天她把〈湯伯小吃店〉的稿件電子檔寄給學長，學長把檔案放進電子閱讀器裡，和她約了討論時，帶的也是閱讀器，「篇幅不長，但可以建立湯伯這個角色的形象——生活規律、人緣不錯，感覺上就是不大會和犯罪事件有牽扯的人，所以刑警要逮捕他，就會出現衝突。」

她接話，「衝突會讓讀者好奇，也可以推動情節。」

「沒錯。」學長點點頭，放下電子閱讀器，「不過〈湯伯小吃店〉還沒寫完呀，怎麼急著要我讀？」

「因為我想請教學長的意見。」她道。

「我可不認為自己能夠提供什麼寫作意見啊。」學長笑了。

「而且，」她補充，「這個開頭其實是學長的點子。」

「是嗎？」學長皺眉，看看電子閱讀器，再看看她。

「你忘了？」她道，「暑假我們出去玩的時候說的。」

幾個月前，暑假快結束的時候，她和男友、男友的同班同學，以及男友同班同學的男友一起進行為期一週的國內旅行；男友同班同學的男友是她同系學長，和她本來就很熟。

但明明出門旅遊，男友和男友同班同學卻嚷著開學後就沒空玩遊戲，每天玩連線遊戲直到凌晨，日上三竿才不情不願地起床，連早餐都不吃。

一晚他們歇在鄉間民宿，翌晨只有她和學長照例早起，梳洗完畢，學長提議到附近走走，吃點東西。

她和學長撐著傘逛了逛，找到一家早餐店；點餐入座之後，學長看看四周，道，「每回到鄉下，我都會想起福爾摩斯曾經對華生說，鄉間比城市更容易隱藏罪惡。」

「啊？」她沒聽懂。

「福爾摩斯的意思是，鄉村裡每戶人家之間都有段距離，真出什麼事很容易不為人知地隱藏起來。不過那是一百多年前的說法了，現在不見得還適用。」學長指指店內，「妳看，這店裡似乎都是住在附近的人，看起來彼此認識，和老闆也熟，誰家如果有什麼事，說不定沒有福爾摩斯想的那麼容易隱瞞。城市裡人與人住得很近，但相熟的反倒不多，搞不好更容易隱藏罪惡。」

學長的父親是名刑警，兩年前在一次勤務中受傷，在醫院住了一段時間。學長與父親之間本來常常無話可說，但在照顧父親時開始聽父親談論過去偵辦的案件，經過一些曲折，最後改善了父子關係，也將父親遇過的某椿案件略做改編，寫成一個小說形式的故事《英雄們》。

《英雄們》原來並沒有明確的出版計畫，不過完成後接到出版社的邀約，學長重新修潤稿件，正式出版，反應不錯，還被改編成一部同名漫畫；學長本來就得過幾次文學獎，出書之後，可以算是個「作家」了。

「聽說傑克．倫敦也是在參與淘金的那段時間裡，聽了很多來自四面八方、不同背景的淘金客講自身經歷，後來才會有那麼多小說題材可以寫呢。」她放下早餐店奶茶，對學長說。

「喔，那個是傳說啦；」學長笑道，「蒐集各種材料，的確是充實創作資料庫的好方法。不過妳別忘了，傑克．倫敦非常用功地自修，閱讀大量書籍，而且後來寫得非常勤快——這些是精進寫作的基本功，得自己努力，光靠聽別人講故事是不成的。」

學長一直很謙虛，總說先前雖然得過幾次獎，但要等到寫《英雄們》的時候，才發現自己對小說創作的想法和技巧仍有許多不足——「取材」也包括在內嗎？「學長的《英雄們》不也是從聽到的東西裡寫出來的？」她問，「我們的生活這麼平常，沒什麼好寫的，不是應該從其他人的故事裡找材料？」

「《英雄們》的確是根據我爸偵辦案件的實例寫出來的，這無法否認；」學長解釋，「可是我剛強調的不是這部分——光有那些材料，沒辦法變成一部完整的小說。要把那些材料變成小說，得依靠創作的技法，要注意角色設定、要留心場景安排等等，我認為這些技法得靠大量閱讀和大量練習才能熟練。熟練這些技法，從日常生活裡，就可以透過觀察獲得許多創作素材。」

喝了咖啡，學長接著說，「從前寫的時候我沒想那麼多，自認文筆還可以，評審老師也覺得不錯，寫的那些得獎了，我就覺得自己知道怎麼寫作。在網路上連載《英雄們》的時候，有個叫『阿鬼』的網友留言給我，因為阿鬼的提醒，我才明白自己還有很多地方需要補強。」

「阿鬼？好奇怪的暱稱。」

「是啊，我不知道他是誰，後來也沒繼續聯絡。」學長聳聳肩，「出版社說想出版《英雄們》的時候，我的準備比較充分一點了，花了不少力氣修潤。書出版後我想送一本給阿鬼，寫了電子郵件給他，但他沒有回覆。」

學長告訴她一些與阿鬼往復討論小說劇情的過程，指出阿鬼如何應用一些基本原則找出情節的漏洞。她在網路上搜尋「阿鬼」這個暱稱，得到的資料不多，只知道有一場線上舉行的新書發表會中，幾名創作者提及自己創作時接受過阿鬼的協助，但沒人知道阿鬼的身分。

她一邊聽，一邊想像：假如我可以從日常觀察裡找到創作素材——例如這個平凡的鄉間早餐店吧——我該用它發展出什麼故事？

似乎有個什麼在她腦中慢慢浮現，但還不清楚。開學後有天晚上她瀏覽社群平臺，意外看見阿鬼提供線上創作課程的廣告，也讀到一個作家協會短篇徵文獎開始徵稿的訊息。

她感覺存在於腦中的那個故事，有種想要化成文字的衝動。

●

二十四年前，某工廠員工宿舍發生兩名女工死亡的命案；死者一個叫阿蓮，一個叫阿蘭，先被強暴再遭殺害，死狀淒慘。

凶嫌之一阿仁很快就被逮捕了，另一名凶嫌阿奇逃亡一年多之後也被警方查獲；兩人供稱，當時共同犯案的還有另一個人，名叫阿麟。

根據阿仁和阿奇的供詞，阿麟是該工廠的員工，負責開堆高機，案發當天本來是休假日，但臨時被找去工廠卸貨。阿麟找了朋友阿仁幫忙，阿仁又找了自己的朋友阿奇；三人到達工廠時，載貨的卡車還沒回來，所以三人先窩進警衛室裡，與警衛雄仔聊天喝酒。

貨車回到工廠，阿麟開始工作，裝卸貨櫃的時候，瞥見阿蓮和阿蘭返回工廠的員工宿舍。阿麟知道那天宿舍裡的人都趁著休假回家了，於是告訴阿仁和阿奇，「做完事帶你們去看小姐。」

三人完成工作之後各自回家洗浴，晚上十點再度碰頭，一起到達工廠。阿麟指示大家翻過工廠後方圍牆，潛入地下室，在不經過警衛室的情況下進入工廠一樓——工廠的三樓，就是員工宿舍。

「工廠的門可以從裡頭反鎖吧？」登上樓梯之前，阿仁問阿麟。

「可以，」阿麟點頭，「要幹嘛？」

「去鎖起來啊！」阿仁推推阿麟，「你不希望我們爽到一半雄仔跑進來吧？」

阿蓮當時坐在交誼廳沙發上梳頭，看到三人突然出現，嚇了一跳。阿仁要阿蓮別緊張，說只是想要和美女聊聊天，坐到阿蓮身邊，點了根菸；阿奇和阿麟也跟著湊近，開始講些下流笑話。過了一會兒，阿仁伸手要摟阿蓮，阿蓮扭身反抗，抓傷阿仁胸口；阿仁火了，使了個眼色，阿奇阿麟一起架住阿蓮，阿仁拿出預備好的膠帶封住阿蓮的嘴，三人合力將阿蓮抬到旁邊的臥室裡性侵。

「不好；」結束之後，阿麟道，「我是工廠的員工，她會認得出我，應該把她幹掉。」

「這個小事。」阿奇走到交誼廳，拎著菸灰缸走回來，「我來幫你。」

「阿麟帶我們來爽，我也出點力。」看阿奇拿菸灰缸猛砸阿蓮臉頰，阿仁笑咧了嘴，從床底下抽出一根工廠堆置的角材，朝阿蓮頭部揮擊。

「應該還有一個……」阿麟看看四周，發現交誼廳旁的公用浴室亮著燈，「啊，在洗澡。」

「再來一回吧！」阿仁獰笑起身，把角材放在浴室門口，撳熄臥室和交誼廳的燈光，最後按下浴室牆外的燈光開關。浴室裡傳來一聲驚呼，只穿著內衣褲的阿蘭衝了出來，一出浴室門就被角材絆倒；等在旁邊的三人一湧而上，壓住搞不清楚狀況的阿蘭，封住阿蘭的嘴巴，抬回方才的臥室，重新亮燈，強暴與殺戮再度出現。

三人動作完畢、阿仁抓著阿蘭頭髮猛撞地板幾下、確定阿蘭已無聲息的時候，電話響起。

電話是從警衛室打來的。工廠主管老謝提早結束休假，想回工廠二樓的主管宿舍，發現大門從裡頭反鎖了；警衛室的雄仔說阿蓮阿蘭應該在宿舍裡，所以老謝要雄仔打電話叫阿蓮阿蘭下樓開門。

阿仁反射性地接起電話，聽到雄仔「喂，喂？」兩聲，才急忙把電話掛掉。

「沒人接？」老謝問。

「有人接，」雄仔答，「但沒講話，又掛掉了。」

「不大對勁。」老謝看看工廠，「我去查查。」

老謝跑到工廠側邊、打破一扇窗戶，爬進工廠一樓的時候，阿仁等三人已經潛回地下室，循原路翻出圍牆。阿仁一直拿著那根角材，預備真遇到人就要作為攻擊武器；不過三人與老謝陰錯陽差沒碰上，於是阿仁翻牆之前隨手把角材扔在牆邊。

臥室的狀況讓老謝大驚失色，馬上打電話報警。阿蓮在警方到達前就已氣絕，阿蘭送醫後撐到隔天凌晨，宣告不治。警方依據雄仔的證詞鎖定了嫌犯，先找到阿仁，沒多久就執行了死刑，一年多之後阿奇落網，受審後也被槍決；但兩人口中的共犯阿麟，自此消失。

二十四年後，發生命案的工廠已經倒閉，原有建物全數拆除，幾乎沒人記得這樁慘案。年輕的員警阿鴻在鄰縣路旁執行酒測臨檢、攔下湯伯的時候，根本不知道這宗案件。

檢測顯示湯伯剛喝過酒，阿鴻還是按規定要了湯伯的駕照，心裡已經知道自己會放過湯伯——阿鴻在附近念中學的時候，父親常常徹夜不歸，母親常常喝到大醉，他每天都到湯伯小吃店吃早餐，有時湯伯還不收他的錢；現在念完警專回鄉執勤，阿鴻仍常常到湯伯小吃店報到。阿鴻和湯伯很熟，認為自己清楚湯伯的為人；酒測數值不高，湯伯一向循規蹈矩，況且湯伯小吃店再兩條街就到了。

但駕照上的姓名顯示湯伯根本不姓湯。「這是你的駕照？」阿鴻問，湯伯一臉坦然點了頭。阿鴻疑惑地將那個姓名輸入系統，看見不可置信的資訊。

阿鴻還是讓湯伯走了。收隊之後，阿鴻回警局查了紀錄，想了一晚，隔天一早向刑警呈報。

湯伯就是阿麟。

坐在偵訊室裡，湯伯沒有否認自己就是阿麟。

「你不姓湯，為什麼店名叫『湯伯小吃店』？」刑警覺得很奇怪——逃亡二十多年的通緝犯，怎麼會因為酒駕就乖乖拿出身分證件？明明不姓「湯」，怎麼在地居民全都以為他姓「湯」？

「店是我舅舅留給我的，我沒改招牌，實在做生意比較要緊，名字不重要嘛。」阿麟回答，「老實說，二十幾年前接下店面，我還不知道自己能不能做得起來，哪還會花心思去想店名？」

「人家叫你『湯伯』，你也隨便人家叫？」

「沒有人會問小吃店老闆的名字啦，大家大概是覺得『湯伯小吃店』的老闆就該是『湯伯』，所以熟了就這麼叫我，無所謂啦。」阿麟道，「我舅舅才姓湯，不過那時根本沒人叫他『湯伯』。不信你問問老一輩的鄰居，有些人一定還記得，那時我舅舅中午和晚上做生意，找我來幫忙，他過世之後我才開始賣早點；晚上做生意要忙到三更半夜，我受不了。」

「我會派人問問。」刑警是外地來的，不清楚二十多年前這裡的情況，但還是覺得阿麟的態度很奇妙，「你知不知道你被通緝？」

「不知道。」阿麟說，「我生活很正常，沒什麼不良嗜好，當然也不會去做壞事——啊對，有酒駕，但真的沒喝多少，而且那個真的很近……」

「就說和酒駕無關。」

「所以我覺得你們一定弄錯了。」阿麟道，「我想，誰都會搞錯事情的啦，不如就來這裡瞭解一下，讓你們好辦事嘛，講清楚就沒事了。」

「沒事？」刑警沉下臉，「你殺了兩個人。」

「什麼？」阿麟嚇了一跳。

聽刑警提起工廠慘案，阿麟連連搖頭，「太恐怖了，我絕對沒做那種事！」

「所以你記得那件案子？」刑警瞪著阿麟，「既然記得，我說你殺了人，還裝什麼裝？」

「那就我離開工廠前一天發生的，我當然記得；」阿麟道，「我在工廠的最後一天，還被警察叫去檢查身體。」

阿蓮的指甲顯示遇害前曾抓傷凶手，所以隔天工廠裡的男性員工都接受了檢查——早上刑警接到阿鴻的報告後調閱了相關卷宗，知道阿麟講的沒錯。「然後咧？」

「警察說沒事了，叫我回家；」阿麟道，「隔天我就搬到我舅舅這裡了。」

「你不知道你的共犯被抓了？」

「就說和我沒關係啦！」

「那他們為什麼說是你帶他們去工廠的？」

「誰？」

刑警說出阿仁和阿奇的供詞，阿麟直說自己並未參與，嚷著要和阿仁阿奇對質；刑警告訴阿麟兩名凶嫌已然先後遭到槍決，阿麟表情驚恐——刑警認為，阿麟意識到那可能就是他的下場。

在警局待了一夜之後，阿麟依然堅持原有說詞，但想起更多細節。

阿麟指稱，當天他並沒有找阿仁幫忙，到達工廠時，阿仁和阿奇已經在警衛室和雄仔喝酒聊天，「我認識阿仁，借過錢給他，但沒討回來，阿奇我不熟」；工作結束要離開的時候，雄仔曾經要他到樓上叫人，「雄仔說他們兩個說要進去參觀，後來跑上樓，一直沒下來」；他沒說過「做完事帶你們去看小姐」這種話，晚上也沒有帶阿仁和阿奇潛入宿舍行凶，「我卸完貨回家就沒再出門了，我那臺機車聲音很大，鄰居可以作證。」

工廠倒閉，雄仔早已不知去向，阿麟從前的鄰居不知道是否還住在舊址——就算找得到那個鄰居，又能證明什麼？刑警想，頂多能證明阿麟工作完回過家，阿仁阿奇的供詞也說他們的確先各自回家一趟，但無法證明阿麟沒再出門；鄰居或許可以證明沒聽到摩托車再次發動，但阿麟仍能用別的方式返回工廠。

刑警認為阿麟有罪。檔案資料裡顯示犯罪現場並不凌亂，而阿蓮曾經反抗，所以原來承辦的警察就已推測凶手不只一人，才能迅速制伏受害者；阿仁被捕的時候胸口有傷，也坦承是被阿蓮抓的，供出另有兩名共犯則證實警方的推論。阿奇和阿麟當時已經逃亡，可見心裡有鬼；再說，受害者和阿麟是同事、能夠指認阿麟，正是被滅口的原因。

雖然沒有當時的證人，但刑警有信心讓阿麟認罪——檔案紀錄裡有一枚現場蒐證時找到的指紋屬於阿麟，此外，法醫用福馬林保存了受害者的生殖器部位，可以檢驗DNA。

「沒想到那回去吃早餐會讓妳想出這個故事；」學長問她，「妳說要參加短篇徵文獎？字數限制是多少？我覺得到目前為止沒什麼大問題，故事應該要收尾了吧？」

「結局本來會寫阿麟是凶手，到目前為止的情節也都是依據這個前提設計的。」

「嗯。但是？」

「但是，」她抿抿嘴角，「寫到這裡，我愈想愈不對勁。」

她告訴學長自己在社群平臺看到阿鬼的創作課程廣告——課程提供一個加密文件檔，以及三次透過電子郵件詢問阿鬼意見的機會。「文件檔的內容就是創作技法講義，寫得很清楚，讓我知道怎麼做基本設定，把故事寫出來。」她道，「我原來想像的故事就是有一樁多人犯案的罪行，其中有個凶手跑掉了、甚至沒跑多遠，就是到鄰近縣市去過另一種生活，卻一直沒人發現，許多年後才因一件小事曝光。」

「妳說的『阿鬼』，」學長問，「是我告訴過妳的那個阿鬼嗎？」

「我覺得是，」她道，「講義的內容和我們平常聊到的東西差不多，學長也說阿鬼和你講過那些基本元素和架構規則。」

「阿鬼說話有時候的確有點像老師，」學長想了想，「不過我倒不知道他有線上課程。」

「學長想看講義嗎？我寄給你。」她從背包裡抽出筆記型電腦。

「不急，先往下說。」

她一面開機找檔案，一面解釋：「多人犯案」這事她設計了不怎麼淩亂的犯罪現場來表現，至於那三次詢問意見的機會，她全用在將阿麟定罪的相關安排上頭。

「原來我最苦惱的是犯罪動機——性衝動好理解，但為什麼會演變成殺人？」她道，「阿鬼說把最後那個凶手，就是阿麟，寫成工廠員工就可以了。這個建議很好，同時解釋了阿麟為什麼知道怎麼潛入工廠，以及因為擔心被認出來所以痛下殺手的決定。」

第二個建議是指紋。「我需要一個有關連、但阿麟可能用說詞開脫的證據，阿鬼說那就在現場放一枚阿麟的指紋。」她道，「這個證據和阿麟有關，只是不夠強；阿麟逃亡那麼久，一定已經想好如果有證據指向他，他可以用什麼說法解釋。」

最後一個建議是DNA。「直接連結到阿麟的科學證據就難以抵賴了，這個會是關鍵證據。」她說，「阿鬼說如果阿麟很確定自己可以說明現場的證據，那就再安排一個他不知道的，所以讓法醫用福馬林保留性侵部位，阿麟就無話可說。」

學長靜靜聽完，「聽起來妳都想清楚了，為什麼會覺得不對勁？」

「有幾個原因，其一是我想投稿的徵文獎。」她在筆記型電腦快速打了幾個字，把螢幕轉向學長，「這個短篇徵文獎是臺灣推理作家協會辦的，每年都徵選推理短篇。我想好了整個故事，但寫到這裡，忽然覺得這個故事不大像推理小說。」

「哦？」

「推理小說不都是一開始有屍體、有謎團，但不知道凶手是誰，也不知道凶手是怎麼犯案的，最後才由偵探把所有線索拼湊起來、宣布真相嗎？」她道，「〈湯伯小吃店〉開場沒多久就說出凶手了，中間也講了犯罪過程，雖然阿麟辯解說自己不是凶手，但最後結果還是他——這感覺就不大像『推理』。」

「為什麼會想參加這個獎？我記得我們沒聊過幾本推理小說。」

「只是因為想寫故事的時候發現徵文訊息，覺得時間配合得上；」她承認，「我讀的推理小說不多，『福爾摩斯』系列讀過一些，還有幾本東野圭吾。」

「嗯……」學長想了一下，「我寫《英雄們》的時候沒想過它算是什麼類型，但出版後有人說它是推理，改編的漫畫也是這樣，但我很確定漫畫版的主題並不是要找出犯人或犯罪手法。《英雄們》出版之後我多讀了一些推理小說，發現這個類型涵蓋的範圍很廣，還有很多子類型，而且作家們會利用這個類型去處理各種主題。徵文獎的評審們讀過的推理小說肯定比我們多，說不定他們會覺得這個故事也算是廣義的推理。」

「真的嗎？」

「我不是評審，無法確定；」學長笑道，「妳剛說這是『其一』，還有其他原因？」

「另一個原因比較個人；」她皺著眉，「就是我明明把阿麟設定成凶手，所以他被抓之後的說詞都是想脫罪的謊話，只是我讓他演得很像回事，好造成讀者的懷疑。可是我愈寫愈覺得這個角色不會做那種事。」

「因為這個短篇以情節為主，妳沒有太多篇幅描寫角色，讀者只能從情節裡去想像角色，而目前阿麟看起來不像個罪犯。」學長道，「根據另外兩名凶嫌的供詞，潛入宿舍性侵這事是阿麟提出來的，表示阿麟應該是個會被性慾驅使、衝動行事的角色。假設妳寫阿麟常對小吃店的女性雇員毛手毛腳，所以才一直找不到人一起工作，那就比較合理。」

「可是如果阿麟是這種人，他在鄰里間的形象就不會太好；」她思考，「一開始的衝突就不夠有力。」

「或者阿麟被捕之後，鄰居們開始想起這二十幾年間，附近曾經出現類似案件，但沒有偵破？」

「最後說那些案子都是阿麟做的？」她眨眨眼，「這樣我得再多想幾個案子，還要有線索可以連結到阿麟。」

「其他案子用不著偵破，可以說它們作案的手法很類似就好，這個安排只是要塑造阿麟的形象而已。」

「假如這麼寫，讀者的確會有這種聯想，不過這樣結局更沒有解開謎團的感覺了啊。」她看著學長，「學長，你覺得我應該怎麼辦？」

「先建立一個角色的形象，最後再告訴讀者『這角色不是這樣的哦』，而且不讓讀者覺得不合理、反倒覺得這樣才有說服力，就需要在揭開謎底之前預埋伏筆；」學長放下電子閱讀器，「那些伏筆可能藏在對白或情節裡，乍看之下沒什麼問題，但等到謎底揭曉，讀者才會發現原來那些地方已經暗示了真相、看起來沒問題的東西都有不同解釋。如此看來，我剛那兩個建議的確都不大合適。」

「那我應該在哪裡埋伏筆？」她問。

「妳才是作者啊，我怎麼知道？」

「唉喲。」

「創作是作者的事，不能偷懶，也沒有公式；就像魔術師，總不能問觀眾『我想把一個人鋸成兩半再拼回來，這人完全沒事，該怎麼做？』」學長好整以暇道，「另一方面，短篇的字數限制會是個問題，就像我剛才說的，妳能用在角色塑造上頭的篇幅不多，在這種情況下要埋伏筆，就更需要技巧。」

「愈說愈難了啦，」她抱怨。

「寫作本來就該一直練習嘛。」

「收件期限快到了啊。」

「先別急，」學長笑笑，「我們先談妳提到的第一個原因。」

「我記得我在一篇報導裡讀過——筆電借我一下，」學長鍵入幾個字，找出一個網頁，「這裡，這篇對談裡頭，香港推理作家陳浩基說『推理小說定義』這問題一丟出來，大概會引起網路大戰——可見無論是推理作家還是推理讀者，對於『推理』的定義都不完全相同；所以就像我剛說的，雖然妳覺得〈湯伯小吃店〉不大像是推理小說，但這個讓妳無法決定要不要把阿麟寫成凶手的原因，或許根本不需要理會。」

「那學長認為什麼樣的小說是『推理小說』？」她好奇地問。

「就我讀過的那些被劃分到這個類型的小說來看，不管它們發生在古代還是現代、有超能力還是科幻設定⋯⋯」

「推理小說裡還可以有超能力和科幻設定？」她打斷學長的話，「有這種非現實的東西，還可以『推理』喔？」

「這幾年日本有些標榜『特殊設定』的推理小說，連殭屍、外星人、死而復生和時光穿越都出現了；」學長道，「其實在還沒有用這個名詞之前，就有很多橫跨不同類型的作品了。伊藤計劃的《和諧》和遺作《屍者的帝國》得了科幻獎，但骨架是推理小說；賽門．葛林的『夜城』系列背景是位於現實另一面的異世界，但主角設定和情節推進走的都是冷硬派推理的套路；科幻大師艾西莫夫的《鋼穴》及幾本續作是人類和機器人搭檔查案，約翰．康納利筆下的帕克警探看得見鬼……」

「等等，學長，」她把筆記型電腦拉回眼前，「我得記下來，這些你都讀了？」

「嗯。」學長道，「於是我發現，推理小說的架構有很多不同的用法，可以放進不同類型的故事裡發揮；反過來說，推理小說的創作者也可以把很多不同類型的素材放進推理小說裡，只要事先讓讀者知道故事裡有哪些超現實設定，讀者依然還是可以和偵探一起『推理』。而且，有些推理小說注重的是懸疑或恐怖氛圍，謎底在結局時有合理解釋，被故事吸引的讀者就不見得會在意自己有沒有獲得足夠的線索。所以，我認為『推理』這個類型必須要有的特點……」

「嗯，嗯；」她暫停打字，「是什麼？」

「推理小說必須讓讀者重新整理思考脈絡、拼湊線索和證據，藉此調整解讀每個環節的角度，最後到達真相。」學長道，「密室裡發生不可能的凶案？有足夠的線索和證據重建思考脈絡，就可能了；某某角色不可能是凶手？有足夠的線索和證據重建思考脈絡，就可能了。妳想讓〈湯伯小吃店〉變得更像推理小說，就得反過來想：妳一開始就讓讀者覺得阿麟是凶手，也提供了證據，但最後重新整理線索、檢查證據，反而會排除他的嫌疑——這樣我認為就是推理小說了。」

「我懂了。」她點點頭，「所以學長的看法是我不該把阿麟寫成凶手。」

「讀到目前的進度，」學長也點點頭，「我認為阿麟的確不是凶手。」

「真的嗎？」

「假設阿麟是凶手，表示已經被槍決的兩名嫌犯供詞比較接近事實，阿麟的供詞是為了脫罪而編的謊話；」學長指出，「但如果是這樣，阿麟的某些反應就太不對勁，除非他很確定自己能夠完全置身事外，否則就不該有那些反應。可是從那兩名凶嫌的供詞來看，整個犯罪經過很粗糙，離開現場的時候也很倉促，阿麟應該不會有時間清理與自己有關的跡證，也就不該有那些表現。」

「是我讓阿麟演得太好了？」她不大明白，「不過還有證據耶。」

「那些證據，」學長搖搖頭，「都沒什麼用。」

「沒什麼用？」她怪道，「怎麼會？」

「阿鬼當初給我的建議很實用，但給妳這些……」學長拿起電子閱讀器，滑了幾下螢幕，「好，第一個是讓阿麟具有工廠員工的身分，這的確解決了『凶嫌如何避開警衛室、潛入宿舍』的問題，以及提供殺人滅口的動機。」

「這不是很有用嗎？」

「可是別忘了，如果妳沒告訴我結局，我和所有讀者讀到這裡，都還不確定阿麟是不是凶手；阿仁阿奇說阿麟是共犯、阿麟說自己完全沒有參與，我們不知道哪個版本才是真的。」

阿麟表示，案發當天他被叫去工廠卸貨時，並沒有找阿仁和阿奇幫忙——抵達工廠的時候，阿仁和阿奇已經在警衛室和雄仔聊天喝酒。

「如果我們採信阿麟的說法，就會認為雄仔認得阿仁和阿奇——阿仁和阿奇可能住在距離工廠不遠的地區，可能到工廠做過一些臨時工，甚至平常就會和雄仔聊天，否則雄仔不會邀他們進警衛室一起喝酒。」學長道，「雄仔知道阿蓮和阿蘭回到宿舍，因為她們一定會經過警衛室，或許還和雄仔打過招呼；雄仔如果提過因為休假、宿舍員工都回家了，阿仁和阿奇便會得知宿舍裡只有這兩名女子。也因為阿蓮和阿蘭經過警衛室，所以就算她們不認識這兩個男人，但當晚受到攻擊時，她們很可能會想起自己幾個小時前才和嫌犯打過照面。」

「也就是說，」她聽懂了，「雖然我寫阿麟擔心受害者認識自己、阿仁和阿奇才決定殺人，但就算阿麟其實不在場，這兩個人還是會殺掉受害者，因為他們也怕事後被指認出來。」

「沒錯。」學長道，「阿麟也說過，卸貨工作結束之後，雄仔曾經要他去樓上叫人，因為這兩個人說要進工廠參觀、後來跑上樓。如果阿仁和阿奇那時候就騷擾過兩名女子，那晚上再去犯案，阿蓮和阿蘭事後肯定能夠指認他們。」

「可是如果沒有阿麟帶路，阿仁和阿奇要怎麼避開警衛室、進入宿舍？」

「照妳的寫法，工廠外有圍牆、警衛室就在圍牆門邊，要進工廠大門，就得先經過警衛室，但在圍牆裡頭，還另外有個地下室的出入口，對吧？」見她點頭，學長續道，「所以要避開警衛室不難，翻牆就好，重點在得知道可以從地下室進入工廠，不過這也不會是員工才知道的祕密，大多數人都會預期建築物的地下室和室內相通。就算這條路只有員工知道、外人不知道，老謝要進工廠時，為什麼沒這麼走、反而去打破窗子？」

「呃，」她原初只想著不能讓老謝撞見犯人，「因為老謝很急？」

「或者老謝知道從地下室進工廠的樓梯，平常會從工廠裡頭上栓鎖住，所以理論上從地下室進不來。」學長幫了忙。

「對，這樣比較有道理。」

「這也就表示，得有人先從工廠裡把插栓拉開，犯人晚上才能從地下室潛入。」學長問，「誰會這麼做？就是打算晚上再進工廠的人。」

「所以還是阿麟嘛。」

「但阿仁和阿奇沒說阿麟進過工廠——在他們的供詞裡，他們兩個和阿麟下午都在廠外卸貨。」學長指出，「反倒是阿麟很坦白說自己進過工廠，因為雄仔要他去叫人。當然，這麼一來，插栓仍有可能是阿麟拉開的，可是如果阿仁和阿奇傍晚在工廠裡亂逛時已經發現只要拉開插栓，就能從這裡潛入工廠，那他們根本不需要阿麟。」

在她原來的設計裡，阿仁和阿奇的供詞是實話，阿麟講的是謊話，但學長這麼一解釋，感覺卻完全相反了；「也許阿麟的心機很重，逃亡那麼多年，他已經把所有可能都想過了，知道這麼說對自己有利？」她一面說，一面覺得自己似乎把阿麟當成一個真實存在的人物，而非自己創作出來的角色了。

「我有理由認為阿麟不是這麼有心機的人。」學長在胸前交疊雙臂，「如果阿麟是個聰明、會算計的罪犯，有很多事他就不應該做。」

「那為什麼『指紋』這個建議也不實用？」她決定暫且放下阿麟的角色設定問題——阿麟的說詞可以顯示整起罪行沒有他也能成立，但無法證明他未曾參與。

「既然雄仔要阿麟上樓叫人，那麼只要阿麟照做了，就可能會留下指紋。」

「學長，這是把阿麟的供詞視為事實才會得到的結論；」她不大同意，「你剛剛才說讀者不確定哪個版本的說法才是真的。」

「阿麟是工廠員工，」學長不為所動，「工廠裡有他的指紋也很正常。」

「不是在工廠裡面，是在犯罪現場啦。」

「交誼廳？還是臥室？」

「臥……啊，」她睜大眼睛，「我沒寫？」

「對。沒關係，我們先討論完，妳再決定怎麼處理。」學長道，「如果指紋在交誼廳，那阿麟可能是上去找阿仁和阿奇時留下的；如果指紋在案發的臥室，那就會讓阿仁和阿奇的版本變得比較可信，表示阿麟也進過臥室，的確可能是共犯。不過，我注意到妳沒寫確切地點時，本來以為妳是故意的。」

「故意不寫？為什麼？」

「因為警察可能也搞不清楚。」學長指出，「假設原來的紀錄就沒寫清楚採集到指紋的地點，或者紀錄因為某些原因弄髒了——那時的紀錄一定還沒電子化，紙張可能汙損——總之從檔案裡沒法子確認地點，那就難以從指紋證明阿麟會出現在臥室裡。法院可以找當年承辦的現場員警或蒐證人員作證，但已經過了二十幾年，很難保證這些人還記得所有現場的細節，也很難確定他們的記憶絕對沒錯。」

工廠倒閉後已被拆除，蒐證團隊無法再回現場確認；算了，她想，過了這麼久，就算工廠沒拆，大概也很難確認。不過，「警方的紀錄會沒寫清楚嗎？」她問，「我以為相關的證物和資料應該都有嚴格的保存規定？」

「人為疏忽永遠會發生，可能是當時的規範不夠嚴謹，也可能就是一時疏忽；」學長道，「檔案資料損毀也是有可能的。阿奇在案發一年多後被捕，為了審訊，一定調過檔案，卷宗拿進拿出就有機會弄髒；除此之外，檔案室要改建啦、警局要搬遷啦，或者按規定銷毀舊資料時不小心弄錯了之類的事都可能發生，我聽我爸講過這類例子。警方不是故意的，但的確會出這種事。」

「我可以理解警方不會故意弄壞資料，」她問，「但學長為什麼以為我故意這麼寫？」

「因為妳寫法醫用福馬林保存了受害者的身體部位，打算驗DNA。」學長解釋，「別忘了，我本來不知道阿麟是不是凶手；我先從阿麟的反應判斷他可能沒有犯案，再讀到妳寫的幾個證據都有瑕疵，因此以為妳是故意這麼做的，要利用這些證據反過來排除阿麟的嫌疑。」

「DNA也有瑕疵？」她皺眉。

「瑕疵不在DNA，而在保存手法；」學長道，「福馬林是防腐用的，但會破壞DNA，法醫保存受害者的身體部位就是為了日後可以驗DNA，但用福馬林就會失去意義。」

「真的嗎？」她不敢相信，「阿鬼這麼說的時候，我覺得很有道理，因為我想起從前在談話性節目上頭聽一個法醫講過這件事耶！為了確認，我還上網找到那段節目錄影，確定自己沒記錯。」

「說不定是那個法醫記錯了，或者說錯了，或者專業能力有問題；我昨天查過目前法務部法醫研究所的規定，裡頭明文記載不可使用福馬林保存DNA檢體。假設二十幾年前沒這項規定、法醫只是照當時的規矩做事，那福馬林還是會破壞DNA。」學長道，「所以，我本來認為阿麟不是凶手，聽妳說把他設定為凶手、阿鬼還針對這個設定提供建議時，才會覺得奇怪——因為這幾個建議沒法子完成妳的目的。」

難怪學長說那幾個證據沒什麼用，阿鬼根本不像學長講的那麼厲害嘛！她心裡想著，耳裡聽學長續道，「先不管阿鬼。聽妳說創作時的想法，我發現一些有趣的事。例如妳用『現場不怎麼凌亂』的設定，讓警方推測有多人犯案，不過真正讓我認為有複數罪犯的，並不是現場的狀況。」

「那是什麼？」

「假設只有一個犯人。這個犯人潛入宿舍、上樓之後，在浴室的阿蘭不會看到，而在交誼廳的阿蓮因為沒有面對樓梯，所以一開始也沒發現。」學長描述想像，「犯人趁阿蓮不注意，從身後把阿蓮打昏，進行犯罪；殺了阿蓮之後，犯人又把燈關掉，絆倒阿蘭，再次犯罪。這樣的話，現場也不會凌亂。」

「嗯……對。」她沒想過這個情況。

「這個故事裡除了凶手和受害者，犯罪現場沒有其他人，所以沒有證人知道犯人有幾個。阿蓮抓傷阿仁這事，才讓我認為可能有複數罪犯，因為這代表阿蓮曾經反抗，並不是像我剛說的那樣一開始就被打昏。」學長說明，「阿蓮是成年女子，那時正在梳頭，而且桌上有菸灰缸，這個菸灰缸後來被當成凶器，所以應該是個沉重堅硬的物品。阿蓮反抗時只來得及抓傷犯人，如果犯人只有一個，那阿蓮或許就還能拿梳子戳他、拿菸灰缸打他，或者可以試圖逃走、翻倒家具阻止犯人接近，還能大叫救命。阿蓮先抓傷犯人，但被迅速制伏，我才會認為犯人不只一個。」

她沒料到這件小事有這種作用，學長這麼一提，她想起更多可能，「可是，如果阿仁很高很壯、和阿蓮體形相差很多，或許也能單獨完成犯罪吧？」

「沒錯。」學長同意，「要確認有複數凶手，光靠現場狀況判斷不大準確。阿仁被捕後說有共犯，但要證實這件事，必須得有其他證據，例如在受害者身上採檢到不同血型和DNA的體液、不屬於阿仁的指紋之類，不過妳沒寫到這類細節。妳提到現場有一枚阿麟的指紋時，我還在想：那應該有找到其他兩人的指紋吧？受害者身上會有，阿奇拿過菸灰缸、阿仁拿過角材還抽過菸，行凶現場其他地方應該也會有，只有一枚阿麟的指紋，反倒變得很奇怪。」

「讀者想的和作者的企圖真的差好多。」她嘆了口氣。

「故事是一個整體，設定會互相影響，」學長鼓勵她，「多練習就會更注意這些小地方了。而且我說我覺得寫得很好，並不是在敷衍妳。」

「我知道我在某些地方蠻用心的，只是看起來故事要修改的地方太多了；」她邊搖頭邊說，「不管要不要把阿麟寫成凶手，感覺都沒法子在期限內改完。」

「別那麼快放棄；」學長笑道，「我認為寫得很好，是因為我覺得阿麟不是罪犯，情節會順暢地朝這個方向發展，漂亮地把故事寫完。」

「因為阿麟的反應讓你認為他不是凶手，」她記起學長不久前說過的話，「而且你說你有理由判斷阿麟不是那麼有心機的人。」

「沒錯，其實阿仁和阿奇的供詞裡提到一個關鍵。」學長頷首，「我認為已經完成的部分都不用改，妳還是可以如期完工。」

「真的嗎？」

「我們來整理一下吧。」

●

指紋沒法子當成指控阿麟的鐵證，浸泡在福馬林裡二十多年的檢體已經驗不出DNA，潛入路徑和事後被指認的風險可能與阿麟有關，也可能無關；是故，目前案件與阿麟的連結，只有阿仁和阿奇的供詞。

「阿仁和阿奇供詞當中的關鍵，是阿仁晚上到宿舍時，身上準備了膠帶。」學長道，「他們的供詞表示，工作的時候阿麟看到兩名女子，對他們說『做完事帶你們去看小姐』。如果這指的是工作結束後，阿麟要帶他們上樓到宿舍找阿蓮和阿蘭聊天，那比較說得通；如果指的是晚上要潛入宿舍，那就比較古怪了——特地潛入只有兩個女生在的宿舍，怎麼想動機都不單純。」

「而且阿仁還帶了膠帶。」她點點頭。

「阿仁帶了膠帶，用意應該就是封住受害者的嘴，或者捆綁受害者；也就是說，無論潛入宿舍是誰的主意，阿仁本來就打算來硬的，不是臨時起意性侵。如果照他們的版本，這表示阿仁原來就預謀犯案；如果照阿麟的版本，那麼有可能是阿仁傍晚在宿舍裡已經被阿蓮或阿蘭拒絕過，於是晚上想要使用暴力手段。」學長道，「無論進入宿舍的凶手是三個還是兩個，其中至少有一個是打算犯罪的，可是阿仁準備了膠帶，卻沒有準備面具頭套之類遮蓋臉部的東西，可能是他思慮不周，也可能是他一開始就不想留活口。阿仁和阿奇的版本裡，阿麟是擔心被指認的人，但不表示他們不擔心這事；相較之下，阿麟的版本更簡單合理，因為阿仁和阿奇已經先上樓接觸過受害者，沒準備面具，是本來就預計性侵之後滅口。」

「說不定也有一部分是因為思慮不周，」她抿著下唇，「我覺得他們是沒有詳細計畫、比較粗枝大葉的人，不然也不會聽到電話鈴響就接起來。」

「沒錯，」學長道，「這就要講到阿麟的反應了。」

根據阿仁和阿奇的供詞，三人在犯罪之後忽然聽見電話鈴響，於是快快逃離現場。「他們留在現場的跡證應該不少：他們碰過的地方，包括電燈開關、桌椅門把、受害者的身體和封嘴的膠帶都會有指紋，性侵會留下體液，阿蓮的指甲縫裡留有阿仁的皮膚或血液，阿仁還抽過菸，菸蒂上會有唾液。」學長一一列舉，「就算他們是很有計畫的罪犯，在這種情況下也不會有時間清理。」

是故，倘若阿麟是害怕被捕而先逃亡的凶手之一，就應該更小心地隱匿身分——可是阿麟並沒有替自己另外安排新身分。

「按照阿麟的說法，去和舅舅經營小吃店之前他已經向工廠辭職，但工廠已經倒閉，現在找不到佐證；所以，如果阿麟是犯罪後想起可以去投靠舅舅避風頭，那也不無可能。」學長道，「舅舅過世後，阿麟接管小吃店似乎順理成章，而且看起來他就住在店裡，不過那個店面的所有權是誰的呢？如果店面是舅舅買的，而阿麟繼續住在那裡，就該有產權移轉的手續，阿麟的身分可能因此曝光；如果店面是長期租的，阿麟接手後仍然按照繳房租，房東或許就沒費事去更改租賃契約。阿麟說舅舅是幾年後過世的，所以就算改了，房東也可能沒注意阿麟的名字和通緝犯的名字一樣。只是這些狀況太憑運氣，阿麟真的想躲，就應該換個名字、甚至弄到假的身分證件。」

「舅舅是阿麟的親戚，」她問，「如果阿麟去找舅舅時換了個新名字，舅舅一定會覺得奇怪吧？」

「因為舅舅是阿麟的親戚，所以阿麟提出自己好像被捲進某個案件裡、但其實是無辜的之類說詞，舅舅可能會決定包庇阿麟，不過這麼做仍然是在碰運氣。」學長道，「更簡單的方式，是阿麟告訴舅舅說自己因為某個原因決定改名，事實上他並不是到戶政機關申請改名，而是透過非法管道取得假身分。」

「這麼一來，酒測臨檢的時候，阿麟就不會被發現了。」

「沒錯。」學長道，「我不確定一個人是不是會真的不知道自己遭到通緝。說不定通訊還不發達的時代真的可能發生這種事，或者阿麟本來知道，但自認與案件無關，警察又沒找上門來，也不清楚案件的追溯期，過了二十幾年就忘了。無論如何，酒駕臨檢時阿麟的確沒考慮過這件事，才會自然地拿出自己的駕照。如果阿麟是逃亡的凶手，就會注意案件偵辦的進度，知道自己被通緝，就算本來沒去弄新身分，後來也該去找一個；就算沒這麼做，遇上酒測掏出駕照前也會有所警覺，用沒帶在身上之類理由混過去——阿鴻認得阿麟，要塘塞過去不難。阿麟的反應，讓我認為他不大像是凶手，讀到阿麟的供詞後，我更肯定這個想法；因為從另一個版本的供詞看來，阿麟很多舉動不合理，但從阿麟的說法看來，他被捕之後的所有反應都說得通。」

「學長這樣解釋，我寫完的部分的確都不用改；」她盯著筆記型電腦的螢幕，「但以證據來看，現在只能說『不確定』阿麟有沒有涉案。阿仁和阿奇死了，沒辦法知道他們是否誣告阿麟，工廠拆了，DNA證據毀了，我還是不知道怎麼證明阿麟不是凶手。」

「有個角色可以幫忙。」

「誰？」

「阿鴻。」學長道，「阿鴻攔下阿麟時就已經發現阿麟是通緝犯，但沒有馬上拘捕阿麟，反而先去查了資料、隔天早上才呈報，可見他對阿麟是不是罪犯有所懷疑。

妳可以從這點下手。」

湯伯會是殺害兩名女子的通緝犯？阿鴻無法相信。拖了一晚才呈報、挨了長官一頓罵，長官說通緝犯一定覺得運氣好沒被發現、當晚就會逃，但阿鴻相信湯伯不會這麼做；刑警順利帶回阿麟，證實了阿鴻的信念，也讓阿鴻認為自己有責任把事情調查清楚。

阿鴻仔細讀完相關檔案，查覺警方能夠證明阿麟涉案的證據並不牢靠——當年的蒐證人員無法確認那枚指紋是在工廠的哪裡採到的，法醫的失誤破壞了DNA檢體，剩下的只有另外兩名凶手的指控，但也已經無法與他們對質。

不過或許還有其他機會。渺茫，但確實存在。

阿鴻到看守所探望阿麟，仍然稱他「湯伯」，向阿麟保證自己會盡力查明真相；阿麟和氣地叮嚀阿鴻不要太累，盡人事還是得聽天命，「我沒做就是沒做啦，法官一定會還我一個公道的。」

「湯伯，這事不能靠運氣，我們得有足夠的證據，才能證明你的清白。」阿鴻道，「我們得找個好一點的律師。」

「不用浪費錢啦。」

「如果你有困難，錢的事情我來想辦法。」

「錢我有啦，你不要麻煩；」阿麟苦笑，「年輕時窮怕了，後來做小吃店，天天忙，也沒有別的嗜好，錢都有存下來啦，我只是沒想到存了一輩子的錢要用在這種時候。」

「不然要用在什麼時候？」阿鴻道，「我要問你幾個問題。」

接下來有段時間，阿鴻沒再來探望阿麟；阿麟問了律師，律師說阿鴻請了長假，不知確切行蹤。

「應該是為了您的事在忙吧；」律師道，「那麼久之前的案子，查起來很麻煩。」

「他真的很有心。」阿麟說，「身為警察，還為了我這個老頭子……」

「阿鴻說您幫過他很多忙；」律師道，「況且，身為警務人員，他也有責任查明真相。警務系統是為了保護人民存在的，不可以傷害無罪之人。」

庭審的日子到了，阿鴻還是沒消息，不過出庭時阿麟看見律師，覺得律師心情不錯。

律師在法庭裡指出檢方並無實證指控阿麟，檢方反駁說已有伏法共犯的供詞。律師表示要傳喚證人。

阿麟抬起頭，驚訝地看見雄仔走進法庭。

雄仔證實了阿麟的說法：案發當天，阿仁和阿奇路過警衛室，雄仔因為工廠沒人，正覺得無聊，於是邀兩人進警衛室聊天喝酒；過了一段時間，阿麟才到工廠卸貨。雄仔同時證實，阿麟工作的時候，阿仁和阿奇曾經跑進工廠，直到阿麟工作結束，雄仔才請阿麟進工廠找人。

律師傳喚的第二名證人，更讓阿麟意外——那是他從前的鄰居。

阿鴻到看守所探望阿麟時問的問題，就是關於雄仔和鄰居的資料；時日已久，很多細節阿麟已然遺忘，但阿鴻憑藉著一些微渺線索，鍥而不捨地查訪，才在不同縣市找到這兩個人，然後不屈不撓拜訪懇求，終於說動兩人出庭作證。

「阿麟的破機車太吵了，回來的時候我有聽到。」鄰居回答檢查官的提問。

「當晚九點到十點左右，你睡了嗎？」

「沒有，我都半夜才睡。」

「所以如果被告當時出門，你一定會知道？」

「對。」

「但如果他沒騎車出門，你就不能確定了吧？」

「對，但是我知道那晚他在家；」鄰居道，「我九點多出門買宵夜的時候，看見他在整理搬家時要丟的垃圾，我說你要搬了，我請你吃點東西吧，他說好啊，所以宵夜我多買了幾樣，回家後和他吃到十一點左右，他說隔天要早起去工廠辦離職手續，下午就要忙搬家的事，所以就回去睡了。」

「二十幾年前的事，你記得這麼清楚？」

「因為那天吃到最後，他說可以把那臺破機車留給我；我修了排氣管，現在還可以騎咧。」

「阿鴻找到的證人不錯吧？」律師低聲對阿麟說。

「他人呢？」

「坐在後面旁聽席。」

「哪裡？」阿麟轉身搜尋，找到坐在角落的阿鴻，滿心感激地點了點頭。

阿鴻點頭回禮，咧開大大的笑容。

「學長，我昨天把稿子寄出去了；」她對學長道，「也有寄給你，你看了嗎？」

「讀完了，寫得很好。」

「呼，」她吁了口氣，「不知道評審喜不喜歡？」

「無論結果如何，這都是一篇完整的推理小說，繼續努力寫吧；」學長頓了一下，續道，「我也看了阿鬼的講義，還有妳轉給我的那些問答郵件。」

「我不要相信阿鬼了；」她哼了一聲，「阿鬼的建議完全沒有達到我想要的效果嘛。」

「不過講義裡的創作基本原則是有效的，妳是利用那些原則開始架構故事的呀。」學長道，「其實很多談創作的書都提過類似的東西，阿鬼向我提過，我後來也讀了幾本，不會寫小說的人都能照樣抄出一本講義來。」

「學長覺得阿鬼不會寫小說？」

「我不知道，況且不會寫小說不等於不會判定小說的好壞。阿鬼和我聯絡時，展現出他很能掌握那些基本原則，藉以看出創作的問題，但是我在妳與阿鬼的信件裡讀不出這種特色。」學長思索，「而且，阿鬼沒讀過妳寫的故事，妳也沒有提供創作大綱，只是說出妳想要的效果，他就直接提供解答；我說過，故事的設定會彼此影響，所以阿鬼的解答乍看有用，實際放進故事卻不適合。這不像是和我聯絡的那個阿鬼。」

「你是說，這個阿鬼……」她眨眨眼，「是假的？」

「還不能確定，不過，」學長笑了，「這可以寫成一個故事。」

漆成黑色

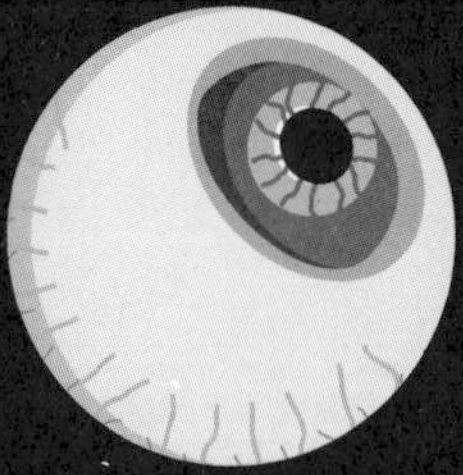

07

也許如此一來，我會消逝，毋須面對事實；
一切不易直視，當你的整個世界一片漆黑。

〈Paint It Black〉
The Rolling Stones

Paint It Black

海關前排隊入境的人龍很長。

二〇〇三年臺灣與中國之間開始實施「節日包機」政策，後幾年逐步開放，每逢節日前後，臺灣機場就會擠滿從中國回臺的旅客，大多數是臺商和到中國工作的臺灣人；雖然節日包機從中國起飛之後，按規定仍需先經過香港或澳門，不過還是比搭船省時省事。

站在人龍末端的福先生雖然聽說過這種盛況，不過還是第一次身處其中——十幾年沒回臺灣，關於臺灣的一切，福先生都只是「聽說」。福先生並未因為入關速度遲滯而著急，從下飛機起到踏進國門的每一步、每一口呼吸，他都想要慢慢體會。畢竟，假若福先生沒有料錯，這樣走路、這樣呼吸的感覺，自己未來可能不會再有機會體驗。

人龍緩緩被閘口吞噬，接近閘口的時候，福先生看見那個男人，隔著入關櫃檯，視線直直地射來。

賊王。

從姿態看得出來，賊王應該已經在那裡站了一陣子，大概飛機還沒落地就已經等著了吧；福先生在心裡笑笑：不好意思啊，我只有一隻眼睛，視力不好，現在才看到你。

「喂，快走啊！」身後有個人不耐煩地開口，「不要擋路！」

福先生沒有移動，只是看著賊王。

賊王也看著福先生。

福先生淺淺笑了。

賊王也是。

長篇小說《漆成黑色》在兩個角色的對望中畫下句點，他認為自己把這個故事結束得很完美。

《漆成黑色》描述了臺灣從二十世紀五〇年代以來半個多世紀的社會狀況變化，後半還加入中國改革開放後，因為經濟快速成長而伴隨出現的種種現象。他讀過不少小說，知道有些作品雖然名為「小說」，但其實是作者利用「看起來像小說」的敘事方式在發表某些個人主張，這類作品他讀了大多都不喜歡、認為十分無聊，因為作者的寫作意圖主要是陳述自己的觀點，故事裡的一切都為了這個意圖服務，不在意故事本身讀起來是否有趣。

但《漆成黑色》不是這麼回事。

反映臺灣及中國社會現象的部分相當寫實，但他並不是直接描寫這些東西，而是透過主角信仔的遭遇，讓讀者間接瞭解那個時候臺灣和中國的社會樣貌，存在哪些充滿問題的制度，藏有哪些黑白混雜的機會。這些制度和機會，又能回過頭來藉由信仔這個角色讓讀者看見大環境對個人的影響，同時凸顯這個故事的核心主題，也就是「時代變化下被不由自主左右的人生」。

他自認《漆成黑色》是部經典之作，只是讀得出它究竟有多好的人還不夠多——每思及此，他總會感嘆文學史上不知有多少重要的作品因為無知的編輯和膚淺的讀者而被埋葬。

《漆成黑色》曾經投稿到幾家出版社，收到幾封無關痛癢的回信，沒有一家出版社表現出把這本書引介給讀者的興趣，最後是他自己製作了電子書，在電子書販售平臺上架發行。雖然也算是出版了，但缺乏足夠的行銷資源，銷量一直很慘淡，他每回登入上架後臺查看銷售報表，看到一長串的「零」，都會懷疑系統根本有問題。

為了讓更多讀者注意到《漆成黑色》，他用幾個不同的暱稱在電子書販售平臺和各個討論區張貼長篇書評，不過沒什麼效果；他認為寫得那麼精闢的書評不該沒能挑動讀者的興趣，顯見大多數讀者都沒有太好的閱讀能力，只對那些毫無內容只會叫好或叫罵的書評有反應。

他用「阿鬼」這個名號開設了線上課程，教授寫作技巧，在講義裡一再使用《漆成黑色》當成教學實例，購買課程的學員人數比他預期的多，但對《漆成黑色》銷售的助益比他預期的少；這表示學員們從課程裡學到創作方法、解決創作困擾之後，也沒有閱讀這本能夠增進創作實力的好書。

這樣的狀況讓他好一陣子都有懷才不遇的感嘆。

幸好，優秀的作品就像混在岩層裡的原鑽，總會有人發現它與眾不同的光芒。

先是上個星期，他的個人信箱出現一封來自出版社主編的電子郵件，信中表示出版社規劃一系列討論小說的講座，為了讓居住在不同地區的讀者都能參與，講座將以線上會議室方式進行；講座由資深作家主持，每場講座會邀請不同年輕作家，讓年輕作家介紹自己的作品、與資深作家對談，並接受讀者提問。

資深作家近幾年最暢銷的是一部系列作品，主線雖是男女主角的戀愛故事，但每一集都透過兩個主角分別遇上的事件，講述不同的社會議題，加上資深作家文字技巧純熟、敘事節奏輕快，各種讀者都能在這系列作品中獲得滿足的閱讀體驗。

他認為這個系列的確寫得不錯，但也認為資深作家因為出道久、成名早，所以占了很多便宜——讀者會覺得資深作家的作品值得信賴，出版社也願意投注比較多的行銷資源——《漆成黑色》絕對不比資深作家的任何一部作品遜色，假若他能擁有資深作家擁有的那些優勢，《漆成黑色》早就成了人手一本、網路上到處都在討論的現象級作品。

主編寫信給他，就是因為資深作家讀過《漆成黑色》之後，想要找他參與其中一場線上講座。

再來是一個曾經購買線上課程的學員，寄了電子郵件到他專為線上課程開設的信箱，說經他介紹閱讀《漆成黑色》之後非常喜歡，想要請他舉辦一場線上講座，談談這本書。這名熱情的學員信中提及，倘若他可以提供其他學員的聯絡方式，該名學員會負責通知其他學員，由大家集資支付他的講座費用。

連續讀完這兩封電子郵件，他露出滿意的笑容——自己猛貼書評、回應課程裡愚蠢問題的苦心，終究沒有白費。

●

信仔出生在五〇年代的臺灣鄉下，小學畢業之前，趕上國民黨政府實行「九年國民義務教育」，原有的初級中學和初級職業學校一律改制成「國民中學」，所以雖然對念書沒太大興趣，倒也讀完了國中。因為家境並不寬裕，信仔早就確定自己不會繼續升學，加上十五歲那年父親突然去世、信仔又孝順母親，是故國中畢業後，信仔成了木工學徒，一方面分擔部分家計，一方面希望可以早點出師、當個木工師傅。

大多數青少年就算口袋裡沒多少鈔票，也會想法子打理門面，一方面希望與眾不同，一方面希望從眾地跟上流行；信仔留長了頭髮，穿上花襯衫，晚上沒錢玩樂，呼朋引伴四處逛逛也挺開心。這樣的打扮在當時警方眼中算是有礙善良風俗的奇裝異服，警察在路上攔檢過信仔一夥幾次，信仔年輕氣盛，被攔一回就頂撞一回，一次一次加深警方認為信仔頑劣的印象。

某個晚上，信仔在廟口看酬神的布袋戲，散場時夜色已深，回家路上，又被警察攔了下來。信仔照例開罵，不料警方這回以「深夜遊蕩、行為不檢」，觸犯《違警罰法》為由，把信仔逮進警局拘留，再依《臺灣省戒嚴時期取締流氓辦法》送到小琉球管訓。

過了兩個月，信仔才獲准與家人聯絡；母親得知那天晚上出門看布袋戲後就沒回家的兒子居然成了登記在案的「流氓」，大驚失色——母親不會知道，這只是麻煩的開端。

信仔再次出現在母親眼前，不是因為管訓結束，而是因他被派往南部橫貫公路的工地充當人力，工作環境惡劣危險，事故頻傳，常有工人意外身亡；一日信仔幫忙抬走屍體，發現死者是自己的好友，當下決定逃亡，只是不知該逃到哪裡，加上掛念母親，結果跑回家中。

警察很快就出現了。

接下來的幾年間，被捕、逃亡、再被捕，成為信仔的人生日常；當年的管訓地點岩灣、綠島、蘭嶼等等，信仔全都去過。

待到真正役滿返家，信仔的年紀已經進入二十後半、開始邁向三十大關；這回他留在家裡的時間也不長，因為他的兵單來了。服兵役的時候，信仔再次逃兵，原因是母親健康狀況不好，信仔放心不下。

探望過母親，信仔被軍隊帶回，坐了軍監；坐監期間，母親過世，軍方讓信仔請假外出奔喪，葬禮結束後，信仔老實回到軍中，服完刑期，役畢退伍。

八〇年代已近末期，臺灣經濟狀況大好，股市突破萬點，人人都說「臺灣錢淹腳目」；學徒時期的師傅勸信仔不要繼續胡混，資助他開了茶行。

茶行生意不錯，信仔交了女友；一九九〇年，信仔得知女友懷孕，相當高興——成長的家庭因母親去世，已經不存在了，但嶄新的、屬於自己的家庭就要誕生。信仔找了幾個舊日朋友一起慶祝，連喝好幾攤，最後決定到當時流行的卡拉

OK店唱歌喝酒。

豈料那家叫作「隊長卡拉OK」的店裡當晚發生命案，兩名警察被槍擊斃，信仔就此失蹤。

《漆成黑色》第一部的故事以命案作結，並未詳述案件發生經過；第二部開始，讀者會看到一連串的命案現場相關人士證詞，包括到車上拿槍進卡拉OK的慶老大，以及持槍殺警的阿榮。慶老大是信仔從前的朋友，當時是個地方角頭，阿榮則是慶老大的小弟。帶槍的是慶老大、開槍的是阿榮，但慶老大供稱是信仔要他去拿槍，阿榮則供稱是信仔叫他開槍，其他證人當中也有幾名聲稱目睹信仔把槍交給阿榮——信仔才是下令殺警的主謀。

正在查閱這些證詞的刑警，曾和那兩名遇害的警察一起受訓，不僅有同梯之情，而且當晚他本來也受邀去卡拉OK，只是因為處理公務無暇出席。這名刑警並沒有負責這樁案件，但還在當制服員警時就逮過信仔，認為信仔這回自知有罪，所以逃亡，發誓要把信仔緝捕歸案。

這名刑警後來因為屢破大案，被道上兄弟起了個外號，叫「賊王」——臺灣民間會稱警察為「賊頭」，他被稱為「賊王」，顯見辦案手段高明。

第二部的前半信仔都沒出現，賊王比較像是主角；在臺灣辦案無往不利的賊王有回奉命潛入中國追捕一個逃犯，結果栽在黑幫手裡。賊王以為自己會被黑幫滅口，沒想到左眼眶裡裝著古怪義眼、被手下稱為「福先生」的黑幫高層對他說，「人都到我這裡了，我不能把他交給你，不過也不想多生事端。你回去吧，不要再來了。」

賊王覺得福先生有點眼熟，忽然靈光一閃，喊道，「信仔！」

福先生回頭看了一下賊王，賊王道，「你是信仔，我沒認錯。回國投案吧。」

「投案？我和那件事根本無關。」福先生搖搖頭，揮手召人把賊王帶走。

回到臺灣，賊王透過各種管道打聽，拼湊出事實——信仔當年下令殺人後，潛逃到中國，在偷渡的時候遇上意外，傷了左眼；初抵中國，信仔身上沒多少錢，延誤就醫，眼球組織壞死，醫生只能取出眼珠，另外安了一顆珊瑚製的義眼。信仔改名換姓，開始在黑道裡討生活；因為假名裡有個「福」字，而且無論遇上什麼凶險，都能轉危為安，福大命大，所以被稱為「福先生」。

第二部後半透過賊王追尋的資料，講述了信仔在中國改革開放年代裡趁亂而起的事蹟，一直到進入新世紀之後，信仔因眼疾加劇、又不信任中國的醫療體系，決定回臺看診，在入關時遇見等著他的賊王，全書結束。

上週回信答應參與線上講座後，他十分興奮，把《漆成黑色》翻來覆去重讀了好幾回，打算在講座時大顯身手——資深作家指名找他對談，顯然是認為《漆成黑色》寫得不錯，由資深作家主持的講座，肯定也會有不少聽眾。這是打響《漆成黑色》和自己名號的大好機會，他絕對會好好把握。

此外，他也回了信給那個熱心的學員，附上所有學員的聯絡方式，請熱心學員通知大家，一起參與線上講座——學員不知道身為講師的他就是《漆成黑色》的作者，他當然也不會在這個時候說明，只是在信裡告訴學員：毋須集資準備講座，這場由出版社舉辦的講座請到作家親自出席，肯定精采。

「屬於我的時代就要來了！」他在心裡吶喊，「沒水準的讀者和沒眼光的編輯，好好看清楚你們錯過了什麼吧！」

線上講座進行得十分順利，出版社主編簡單講了幾句話開場後，就把講座交給他和資深作家發揮，資深作家比他想像的更客氣，雖說是對談，但資深作家開口的時間不多，而且大多在三言兩語間就巧妙把發言權再轉回他身上；既然資深作家有意讓出發言主場，他也就毫不客氣地暢所欲言。

資深作家的名號相當有吸引力，參與講座的讀者人數很多。為了保持連線品質，只有他和資深作家開著視訊鏡頭和麥克風，標著讀者暱稱和頭像的小圖示塞滿螢幕，像要溢出視窗。

「我想問問線上的讀者，」對談進行到一半，資深作家道，「有多少人讀過《漆成黑色》？」

視窗旁的討論區出現一串「有」「我」之類的簡短留言，「既然這麼多人讀過，」

資深作家看看螢幕，「那有人發現《漆成黑色》致敬了一部經典嗎？」

「《悲慘世界》。」馬上有人給了答案，他覺得這人的暱稱看來有點眼熟。

他知道參與者中一定有人讀過《漆成黑色》，畢竟這些人裡頭一定有他線上課程的學員；他也預期會有人知道答案，因為就算沒讀出這層意義，他到處發表的網路書評也提過這事。

「信仔可以對應到《悲慘世界》的主角尚萬強，賊王則對應到執著追緝尚萬強的督察賈維爾，這很明顯。」資深作家對他道，「不過對讀者而言，作品傳達的意義應該存於作品與讀者之間，而不是作者和讀者之間；我們來聽聽讀者的看法吧？」

「呃，」他有點錯愕，不過想不出理由拒絕，「好。」

「那就請回答的這位打開麥克風發言，」資深作家道，「談談你對於《漆成黑色》致敬《悲慘世界》的看法。」

「大家好。我先說說我的看法，有任何意見，也歡迎在討論區發言。」暱稱叫「AKUI」的讀者開了麥克風，「以讀者角度去看《漆成黑色》使用部分《悲慘世界》

元素這件事，我認為大致相當巧妙，某些地方甚至非常好。」

他微微皺眉。AKUI的聲音聽來中性，不大確定是男是女，不過就算開了視訊鏡頭，仍然無法確定螢幕那人在現實中是男是女——能夠即時調整影像和聲音的軟體太多了，在這種事情上頭糾結沒有意義。AKUI明明在誇獎《漆成黑色》，卻又刻意語帶保留，這種不坦率的態度，才是他皺眉的原因。

「《悲慘世界》裡尚萬強為饑餓的姊姊和家人偷了一個麵包，因此被捕，又因屢次逃獄而加重刑期，被關了十九年才出獄；這段經歷轉換成信仔因為七〇年代的流氓管束制度而被管訓及服勞役，不但呼應主角的處境，也凸顯制度的問題。」AKUI繼續說道，「這類手法在《漆成黑色》裡出現不少，而因為臺灣從前制度產生的衝突，有時還會讓我覺得很諷刺。」

看來AKUI的確讀得很認真。

他的嘴角浮起微笑。認真的讀者最討人喜歡了。

「可惜的是，」AKUI道，「《漆成黑色》從第一部最後的命案開始，到第二部信仔在中國的發展，包括結局，完全偏離前半本的主軸，變成一個不完整的故事。」

咦？啊，他想起這個暱稱為什麼眼熟了。

上個禮拜、接到出版社講座邀約的前幾天，他收到兩封電子郵件，寄件人署名就叫「AKUI」；記得那兩封電子郵件的原因之一是他不確定「AKUI」該怎麼唸——唸成「阿庫伊」嗎？這是原住民名字？日文名字？還是只對本人有意義的奇怪暱稱？——原因之二是那兩封信很令人生氣。

第一封信內容相當沒禮貌，沒有打招呼也沒有前言後語，只有「隊長卡拉OK案寫得很爛，之後都很難看」這句沒頭沒腦的話。

寫這種莫名其妙的信給他是什麼意思？而且《漆成黑色》哪裡寫得很爛？分明是這人水準太差。

他不大高興，正在考慮要置之不理還是回信教訓，AKUI寄來了第二封信；一開始就恭敬地問好，稱他「老師」，再為方才手誤發信的失禮行為致歉，然後寫道，「我讀了《漆成黑色》，發現這部作品的文字易讀，形容精準，但有幾個明顯的瑕疵，所以冒昧寫信給老師，想和老師討論一下。」

第二封信很有禮貌但還是讓他火大——《漆成黑色》哪有什麼瑕疵？隨隨便便寫封信來就想和作者討論作品，這年頭讀者也太自以為是了吧？他本來想置之不理，又覺得不能姑息，於是回信把AKUI罵了一頓，說自己沒空理會不專業的意見。

他不知道AKUI還有沒有繼續來信——回完信後，他就刪了AKUI的信，順便封鎖了寄件者——想必是AKUI被罵之後不甘心，所以今天特地來參加線上講座吧？說不定那個不男不女的聲音，真的是用軟體調整過的，為的就是不要讓我記住真正的嗓音，免得日後在什麼地方被我認出來；哼哼，他在心裡冷笑：心機真重，沒關係，就讓我在這麼多人面前好好教教你。

「等等，呃，阿庫伊，」他開口打斷AKUI，「第二部用了不同的敘事模式，看起來似乎換了主角，但主軸還是信仔的人生，哪有偏離？」

「故事主線的確一直是信仔的人生；」AKUI的語氣很冷靜，「我指的是第二部的人生歷程與第一部無法連貫，偏離了角色設定，也偏離了主題。」

「哪有？」他反駁，「這故事從頭到尾都是透過包括制度、經濟和政治等等大環境的轉變，帶出『命運弄人』這個主題；我讓信仔到中國去，就是因為那時中國的社會狀況是個適合的場景。信仔在第一部莫名被定義成惡人，第二部當真為惡結果一帆風順，完全符合主題。」

「我透過一個線上課程得知《漆成黑色》這本書，課程的講師叫『阿鬼』，我想線上的朋友應該也有人聽說過吧？」AKUI問，討論區出現附和的留言，「課程講義說到『主題』時，舉的例子和老師剛說的一模一樣，但我有不同想法。這裡有很多人讀過《漆成黑色》，我們一起回想一下情節吧。」

《漆成黑色》第一部的第一個關鍵，在信仔因「深夜遊蕩、行為不檢」被捕，接著被送到離島管訓。信仔或許只是年少輕狂，想在外表變點花樣，又或許多少有些想要挑戰權威的心態，但留長髮、穿花襯衫以及深夜未歸，在民主社會委實不算什麼罪行；輕罪重罰，信仔身上更因此烙了「流氓」印記，問題不出在信仔，而在威權政府扭曲的法律。

「所以，信仔原來並不是壞人，是被擁有法律威權但本身就歪斜的權力階層『漆成黑色』的；」AKUI道，「這個橋段的安排相當點題。」

信仔接下來反覆逃亡又被捕再逃亡的人生，比較難以簡單評斷是非。「被拘捕或服刑的嫌犯或罪犯，在審判定讞或刑期結束之前，都受到監管，不管因為什麼理由擅自脫離監管，都算觸法——從這個角度來說，管訓之後的信仔真的開始成為犯罪者了。」AKUI道，「但是《臺灣省戒嚴時期取締流氓辦法》根本沒有公開合理的審判過程，信仔每回逃亡也都有現實原因，不是因為他想違法，而是因為工作場所太危險、掛念母親的健康情形等等，所以讀者可以同理這個角色，認為信仔的行徑是對的，壓迫他的體制是錯的，信仔仍是被『漆成黑色』的，不是真正的壞人。」

但是第二部的發展改變了這個角色設定。

「因為管訓等等經歷，所以信仔認識真正的黑道，這可以理解；潛逃到中國必須偷渡，到達中國後信仔必須取得新身分，這些過程都會接觸到黑道勢力，這也可以理解。」AKUI道，「可是既然信仔已經有了新身分，他也可以選擇一般的工作、過普通的人生，不一定需要待在黑幫。就算他先待在黑幫、後來乾脆留在幫裡工作，光是福大命大、每回出生入死都能安然而退，沒有向上發展的野心也很難變成高層——再說，以第一部的情節來看，信仔每次觸法逃亡都會被抓回來，沒有什麼福星高照的特質。信仔不是當地人，如果沒有積極參與黑幫運作，也就是真的做壞事，然後在黑幫裡建立地位……嗯，這麼說吧，大家不覺得一個『福大命大』的外人很適合被老大派出去當炮灰嗎？」

「不，」AKUI的話聽來頗有說服力，他必須扳回局面，「你沒有仔細讀第二部，賊王的調查清楚地描述過信仔取得權力的經過。」

「賊王的調查全是透過關係打聽到的傳聞，」AKUI講得輕鬆，「沒有實質證據。」

「但是第二部也出現過用第三人稱描述的信仔經歷，」討論區有人鍵入訊息，「那些內容不全是賊王從某個角色那裡聽來的——在小說裡，這可以視為真實發生的吧？」

「沒錯！」有人助陣，他士氣大振。

「那樣的寫法可能是作者不想一直用角色對白推進情節所做的調整。不過就讓我們把它當成是事實吧。」AKUI沒有堅持，「從那些事實裡，我們知道信仔的確變了——他參與了某些黑幫買賣，甚至策劃過許多行動，最後奪得權力。但都已經變成黑幫了，為什麼要放過賊王？都已經掌握那麼大的資源，為什麼一定要回臺灣治療眼疾？不信任中國的醫療體系，還有很多先進國家可以選擇呀。」

「想家？」有人在討論區發言，但馬上有人反對，「他媽媽都死了，沒必要回來。」又有人寫道，「先前還有女友啊，小孩也長大了。」下一個人提醒，「那麼多年沒聯絡，早就沒關係了吧；而且他回來不是給人家添麻煩嗎？他被賊王認出來了耶，回來就會被抓。」

「是的，從結局看來，信仔應該是希望賊王出現逮捕他的，我們甚至可以猜測，他放走賊王時就已經這麼想了。」AKUI道，「真的變成壞人、當上黑幫高層，信仔為什麼要這麼做？或者，有個更該問的問題：信仔為什麼會變成壞人？」

「信仔回臺前就料到自己會被捕——我安排信仔和賊王相遇，就是要讓信仔開始反省自己的所作所為，回臺是懺悔的表現；他放走賊王的時候，賊王也明白信仔終有一天會回臺投案。」他覺得AKUI的問題很蠢，「而且信仔並不是到中國後忽然變成壞人的，從隊長卡拉OK的命案開始，信仔就已經真的犯罪了。」

「這兩個角色結局時相視而笑，看起來是互有理解，但理解的是什麼事？賊王和信仔先前的接觸並不多，為什麼在中國見那一面就會互相理解？這個安排說服力並不夠。」AKUI道，「那椿命案在第一部的結尾、連結第二部，是信仔從被『漆成黑色』到真正『變成黑色』的關鍵；可惜的是，這個關鍵不像第一部『漆成黑色』那個橋段處理的那麼好，以致於第二部顯得生硬，結局也不對。」

「哪裡處理不好？你說說看。」他想起AKUI第一封信就說「隊長卡拉OK案寫得很爛，之後都很難看」。

「我本來以為隊長卡拉OK案會是個最後翻轉的伏筆——照我原來想的那樣進行，一切就都說得通，但書裡的發展卻不是如此。」AKUI道，「因為信仔根本不是指使阿榮殺警的主謀。」

雖然線上每個人都關閉了攝影鏡頭，也沒開麥克風，但他能從討論區快速出現的留言感受到那種騷動——AKUI的宣稱會讓整個《漆成黑色》第二部變成一場錯誤。

但他並未受到影響。他有百分之百的信心。他絕對要好好教訓AKUI。

卡拉OK是臺灣八〇年代流行的娛樂場所，看起來像是餐廳，也供應酒水食物，廳內一側設置舞臺，各桌客人點歌，店裡會廣播請客人依序上臺演唱。

案發當時，隊長卡拉OK剛開張不久，服務人員幾乎全都是新手；總經理曾犯過事，在假釋期間籌了款子、讓自己老婆掛名當董事長，打算藉這個勢頭大好的流行生意讓生活重回正軌。

出事那天，有兩名下班的員警到店裡喝酒，總經理見有警員上門，趕緊過去作陪；信仔一行八、九個人到場時，董娘見他們人多，吩咐服務員把場中的四個小桌併成一張大桌，總經理瞧見這群人當中也有熟面孔，過去打了招呼，請他們入座之後，回到原位陪警員喝酒。

抵達隊長卡拉ＯＫ前，這群人已經在好幾處吃過飯也喝過酒，「唱歌」是慶祝行程的最後消遣。

所有人都沒料到接下來會發生的事。

衝突的起因是服務員放錯伴唱帶。當時卡拉ＯＫ裡點歌的流程，是客人看了點歌本、把歌曲編號寫在紙條上，服務員再交給負責播放伴唱帶的人員；有些客人可能沒理會點歌本，直接就寫了歌曲名字交出去，有些客人甚至會在叫服務員來桌邊點菜時順口交代要播哪些歌。紙條上的字跡可能太潦草、口述歌名時服務員可能因為室內吵雜沒聽清楚，本來就容易出錯，隊長卡拉ＯＫ的服務員又都是新人，犯錯機率大增。

「《漆成黑色》在這個橋段列出許多人的證詞，每個人都只看到或聽到一部分，正好呈現案發前後那個場景的混亂狀況；」AKUI道，「而讀者可以藉此想像那個畫面，又能用證詞拼湊出更全面的案發經過，是個不錯的安排。」

服務員播錯的是信仔點的歌。信仔重點一次，服務員再度弄錯。信仔不高興了，嚷嚷起來，說「唱得不爽，不要唱了！」同桌友人有些跟著起鬨、有些試著安撫，騷亂漸漸平息；約莫半小時後，慶老大和阿榮離座外出，過了會兒，阿榮回到店內，槍聲響起。

「從第一批證詞可以得知，在場的服務員並不清楚那半小時發生了什麼事；」AKUI道，「為什麼會從放錯伴唱帶的紛爭，演變成殺警事件？」

「所以總經理的證詞是重點。」他在螢幕前皺眉，這個AKUI有時似乎讀得很仔細，有時又似乎根本沒有好好讀，「總經理和被殺的警員坐在同一桌，他說信仔過來叫囂，質問總經理『只陪警察喝酒，看不起我嗎？』，後來就帶著阿榮過來，朝警員開槍。」

「總經理的證詞是重點，」AKUI先是同意，隨即提問，「但總經理第一次偵訊時沒提到信仔，只說看到阿榮開槍。」

「因為信仔來吼過總經理，所以總經理不想多惹麻煩。」他道，這種東西讀者應該自己想到，才算是合格的讀者嘛。

「但是總經理被信仔吼過，不是更應該把信仔供出來？」討論區有人提問，又有人補充，「而且信仔那時不是黑道，總經理沒必要怕他嘛。」接著有人指出，「不對呀，既然信仔是對總經理發火，那為什麼不是開槍殺掉總經理，而是殺掉警察？」

「是，」AKUI開口，「放錯伴唱帶的是服務員、信仔生氣的對象是總經理，兩者都是店裡的人，為什麼被槍擊的是警員？所以我認為總經理第一次的證詞可信，但後面幾次的就有問題。」

「現實裡證人的證詞本來就不會每次都一樣，」他搖頭道，「我這樣寫才符合真實狀況，你只是故意從這裡挑毛病。」

「不，仔細看看，就會發現刑警後來問訊的方式變了。」AKUI道，「在問話當中，警方直接問總經理：信仔有沒有到警員這桌來過？有沒有罵總經理？這是暗藏答案的誘導式問題，表示警方那時已經認定信仔涉案。為什麼？因為警方已經偵訊了慶老大和阿榮。」

聽取第一輪證詞後，警方鎖定了三名嫌疑人：開槍的阿榮、阿榮的黑幫上級慶老大，以及帶頭鬧事的信仔。

慶老大的供詞每回都一樣：坦承槍是他帶的，原來放在車上。信仔罵了總經理之後怒氣未消，叫慶老大到車上拿槍；慶老大把槍交給信仔時還勸信仔不要太衝動，但信仔轉頭把槍遞給阿榮，命令阿榮去開槍。

阿榮的幾次供詞有點反覆，細節變來變去，唯一沒變的是承認自己聽了信仔的命令開槍。

信仔沒有接受偵訊——警方去找他時，發現他已經跑了，同居女友表示不知道他的行蹤。

慶老大受審後，因攜械被判刑坐牢，表現良好，沒多久就假釋出獄，直至小說結束都沒再出現；阿榮受審後因槍殺兩人被判死刑，槍決伏法。

信仔則成為這樁案件裡有犯意、下令殺人、唯一在逃的共同正犯，遭到通緝。

「警方鎖定了三名嫌犯，認為信仔涉案，在問訊時提起這點，這不算誘導式的問題。」他不同意AKUI的說法。

「在問題裡預藏了答案，當然是誘導式的問題。」AKUI不為所動，「剛剛我們討論到信仔沒有槍擊警員的動機，事實上，信仔沒有任何開槍的動機。」

「信仔喝醉了，心情又不好，所以開槍洩恨；」他道，「這很明顯啊，你哪裡看不懂？」

「信仔已經有了正當職業、收入穩定，那天又是女友懷孕的慶祝會，信仔的心情應該很好；光是播錯伴唱帶，會讓信仔的心情變得多不好？」AKUI道，「難道因為播錯歌後，信仔和警員起過什麼衝突？書裡沒寫，倒是寫過其中一名員警被槍擊時已經喝醉睡倒，所以在那半小時裡，應該沒發生什麼和警察之間的糾紛，讓信仔心情變得更差。就算信仔真的氣到要殺人，為什麼拿到槍之後，他要把槍交給阿榮？真的那麼生氣的話，不是應該自己動手嗎？阿榮又不是信仔的小弟，而且阿榮的供詞也很值得懷疑。」

阿榮第一次的供詞裡提到，信仔要他開槍時托著他的手肘，讓他把槍指向警員；第二次的供詞則說信仔先開了一槍，再把槍交給阿榮，讓他開第二槍。第三次的供詞裡，阿榮說信仔交槍給他時，他正要伸手去拿，信仔已經連開了兩槍。

「你又在供詞裡挑毛病，」他很不高興，「阿榮是個犯了大案的年輕小弟，每次偵訊都很緊張，說法自然會反反覆覆；其他證人的證詞裡，也已經說過開槍的是阿榮，所以警方並沒有完全採信阿榮的說法。」

「是，阿榮的確會緊張、會供詞反覆；線上課程的講義提到『角色』時，也舉過阿榮的反應當例子。」AKUI道，「阿榮的供詞和多數證人的證詞不同，所以未被完全採信；但是，在阿榮的三次供詞裡，信仔都在他旁邊，這點也和多數證人的證詞不同，因為沒有證人提到阿榮開槍時身旁有人——所以我們應該相信這個部分嗎？信仔究竟有沒有站在阿榮身邊，命令阿榮開槍？」

「總經理說有！」

「那是誘導式問題問出來的答案，我們應該存疑。」AKUI道，「尤其總經理還在假釋期間，當警方訊問時很明顯想要把某個人拉進案件裡，總經理會知道自己應該要配合警方的說法，才不會惹上麻煩。同時，我們不要忘了，案件發生在一九九〇年，那時剛解嚴不久，警察辦事的方式常還沿襲舊規，可能刑求，總經理坐過牢，知道警方的手段，也就加深了配合的可能。」

「就算信仔沒站在阿榮身旁指示，」他深吸口氣，「也可以在其他地方下令。」

「在哪裡？書裡沒有任何證人聽到信仔下令給阿榮。」

「我不可能寫出所有細節，你在這些地方挑毛病沒有意義！」

「這些細節有必須存在的意義。因為從書裡的資訊來看，我想像不出任何信仔犯案的動機。」AKUI道，「如果這個故事要符合『命運弄人』的主題，信仔就得要因為某件事而不得不在慶祝會上開槍，把自己變成真正的壞人、開始逃亡。這個『某件事』沒出現，信仔犯罪看起來就會像是作者為了遷就主題而刻意讓角色犯罪，連帶也讓第二部的情節都產生偏移。」

「不對，」他想起來了，「慶老大和阿榮都指證信仔下令，並不是沒有任何證人提過。」

「這沒有解釋信仔犯案的動機。」AKUI道，「不過既然提到慶老大，大家可以想想：這個角色是不是更有可能是殺警案的主謀？」

「慶老大是黑道，還帶著小弟，說不定和那兩個警察有宿怨，看到有一個睡著了，正好趁機報仇？」討論區出現推測。

「大庭廣眾下手也太沒道理了吧？」有人懷疑。

「所以才叫小弟去嘛，下令的不是信仔，而是慶老大，這樣才說得通，畢竟阿榮是慶老大的小弟，信仔憑什麼去命令阿榮殺人？」

「搞不好慶老大還騙阿榮說後續不會有事。書裡不是說阿榮開槍之後就離開了，沒說慶老大那時在哪裡，可能就是在外面開車等著了。」

「阿榮的供詞愈來愈把罪行往信仔身上推，那時信仔已經逃亡，會教他要這麼說的，一定就是慶老大。」

「結果慶老大反而是刑責最輕的人，心機真重。」

他看著討論區接連出現的留言，額頭冒汗，怎麼會變成這樣？要不是資深作家讓AKUI發言，也不會出現這種局面，但資深作家一直沒有出聲，難道這是AKUI和資深作家串通好的？

不重要。眼前最重要的是把主控權奪回來。

「信仔在案發後就逃亡了，」他清清喉嚨，「信仔就是知道自己有罪，所以才會先跑；否則信仔有事業，女友又要生產了，沒犯罪的話何必要逃？」

討論區靜了下來。

AKUI開口，「是嗎？我們用兩個假設，重新看看這樁案子。」

第一個假設：信仔就是下令殺人的共同正犯。

「這個假設的可能性很低。原因之一，在於判定信仔涉案的全是證詞，沒有任何實質證據；而我們剛已經說過，那些證詞有的相互矛盾，有的是誘導式提問之下的答案，可信度值得懷疑。缺乏實質證據，就無法認定信仔涉案。」AKUI道，「原因之二，信仔沒有殺人的動機；信仔的新人生已經展開，新家庭正在建立，沒有任何行凶的必要。光是服務員放錯伴唱帶，就算再加上信仔對總經理發脾氣，理由都太薄弱。」

「那信仔為什麼逃亡？」他的語調很不客氣。

「信仔有案底，擔心自己被牽連到命案裡頭，所以想先避避風頭；」AKUI還是很冷靜，「後來發現自己真的被當成犯人通緝了，就更不可能出現。」

「你這理由才叫薄弱吧！」他哼了一聲。

「會覺得這理由薄弱，是因為這個假設本身就很難成立。」AKUI道，「我們再來看看第二個假設，這理由就會變得很合理。」

第二個假設：慶老大才是下令殺人的共同正犯。

「等等，」他出聲阻止，「你說無法確定信仔和那兩個警察有什麼衝突，但書裡也沒說慶老大和他們有任何過節。要說動機，慶老大一樣沒有動機。」

「是的，書中的確沒提過慶老大和那兩名員警有什麼關連，但把慶老大視為真正的主嫌，我們剛提到的不合理情節都會變得合理。」AKUI道，「信仔結束管訓後又服了兩年兵役，退伍後就開了茶行，已經離開黑道一段時間；相反的，慶老大仍是黑道中人，與警方之間有嫌隙的可能性更大。我們想像一下：慶老大和信仔一起走進卡拉OK時，就注意到有兩個自己看不順眼的警察在場，其中一個還喝醉了；信仔因為播錯歌不高興開始嚷嚷之後，慶老大想到一個計畫——他的車上有槍，身邊有小弟阿榮，可以趁機幹掉那兩個警察，自己還不用背上罪名。」

「別忘記我有寫慶老大被判刑入獄。」他恨恨地強調。

「因為有證人看到慶老大和阿榮一起外出——從時序上看來，這是慶老大要到車上取槍——接著是阿榮回到店內開槍。沒人看到或聽到信仔命令阿榮，只有總經理後來的證詞提到，而這個證詞並不可信。除了總經理之外，供稱『信仔把槍交給阿榮、命令阿榮開槍』的其實只有慶老大和阿榮。」AKUI說明，「慶老大已經打算嫁禍給信仔，但他無法解釋為什麼自己要和阿榮一起外出，所以乾脆認了輕罪，還說自己勸過信仔。違規攜帶槍械的刑責比下令殺人的共同正犯輕多了，再好好配合警方、表現出合作的態度，警方不但會依慶老大的計畫把信仔視為主嫌，也不會太為難慶老大——慶老大很會算計。」

「那信仔為什麼逃亡？」他又問了一次。

「因為慶老大慫恿信仔說你有案底，出了事警方一定會找你麻煩，不如先避一避，我把事處理好了再通知你。」AKUI道，「信仔過去與公權力打交道的經驗都很糟，是被莫名其妙『漆成黑色』的人，不會信任警察，反倒是慶老大的話聽起來會很有道理。等到信仔逃亡後，發現自己居然被設計成主嫌，已經來不及了。」

「說慶老大很會算計，但其實也沒保住阿榮嘛。」「慶老大的算計只為了自己啦，一定本來就想把阿榮犧牲掉。」「這兩個人還是朋友呢，嘖嘖，信仔真是交友不慎。」「是說賊王也沒看出案子有問題，好像也沒傳聞中那麼厲害嘛。」

他傻傻地看著一則則留言在討論區浮現，一時不知如何反應。

「因為這個連結第一、第二部的關鍵案件處理失當，第二部信仔的黑幫發展史就顯得古怪——我讀《漆成黑色》時認為信仔不是命案的主嫌，所以不明白他為什麼會有那樣的轉變。」AKUI的聲音出現，「事實上我讀第二部時覺得舉動怪異的不只信仔，還有賊王。《漆成黑色》第一部相當貼近臺灣當時的現實，但第二部卻不是如此，例如說賊王奉命潛入中國去抓一個臺灣偷渡過去的逃犯，這就相當不現實；有趣的是，線上課程的講義裡，還把這個當成範例。」

AKUI解釋，《海峽兩岸共同打擊犯罪及司法互助協議》二〇〇九年才簽署，而且有許多限制，賊王的行動發生在這個時點之前，臺灣警察在中國並沒有職權，隻身潛入中國不僅缺乏必要的奧援，就算找到人也沒法子名正言順把人上銬帶回。賊王的這個行動帶著一種熱血動作片中的理所當然，可是和整個故事的調性格格不入。

「況且，假如我們把信仔在中國的經歷看成這角色發現自己被誣陷之後自暴自棄、乾脆真的參與黑幫事業，那麼信仔後來的反應又不對了。」AKUI道，「信仔已經憑著自己的力量變成黑幫高層，手下抓到賊王這個信仔絕對不會有好感的臺灣刑警，信仔為什麼要放走他？甚至還預料賊王會在自己決定回臺時等在機場、逮捕自己？」

「我讀的時候沒想到什麼司法互助的時間點，」討論區有人留言，「不過倒是想到另一件事——如果賊王可以潛入中國辦案，那發現自己發誓要緝捕的信仔就在那裡，後來不是應該再設法去中國抓人嗎？」

「第一次行動的失敗，讓賊王知道到中國抓逃犯很難成功；」他說話了——想不出什麼說法反駁AKUI，但對付其他人的問題還是辦得到，「而且信仔已經是黑幫高層，難度更高，所以賊王才沒有貿然行動。」

「如果賊王像書裡形容的那麼聰明，就該知道第一次行動也很難成功。」AKUI道，「我認為老師設計這個橋段的主要用意，是想對應《悲慘世界》裡尚萬強在革命行動現場遇到督察賈維爾，假意要處決賈維爾結果私下釋放的橋段。但因為沒處理好關鍵命案，以致於第二部處處都不對勁；這個對應也只做到情節上的相似，內裡並不相同。」

《悲慘世界》主角尚萬強最初的罪行只是偷竊麵包，但由於一再逃獄，刑期愈來愈長，出獄後想到旅店投宿，卻因身分文件上的囚犯標記遭到拒絕。教堂主教收留了尚萬強，當晚尚萬強偷了主教的銀器逃跑，被捕之後，主教對警察說銀器是自己送給尚萬強的，還說尚萬強忘了拿走銀燭臺。

尚萬強因此悔悟，接下來雖然又偷了錢但馬上就後悔了，尋找失主時發現自己的偷竊行為已被通報警局、再被捕就會因累犯而處以重刑，於是改名換姓，另外開始新生活。

接下來的故事裡尚萬強致力行善，但忠於法律的賈維爾並不相信人會悔改，持續鍥而不捨地追緝尚萬強，兩人在故事裡有幾次接觸，最重要的就是在革命現場那回——協助革命團體的尚萬強救了人、被團體接納，潛入革命陣地的賈維爾則因真實身分曝光，被革命團體視為政府派來的奸細。在這段情節裡，兩個角色主客易位，革命現場出現小範圍的「公權力」，與整個國家的體制不同，在這個微縮的公權力範圍裡，賈維爾成為罪人，尚萬強成為被公權力認可的人，而在尚萬強自願處決賈維爾、革命團體也同意之後，尚萬強更成為這個公權力賦予行刑權力的制裁者。

但尚萬強把賈維爾帶到無人之處後對空鳴槍，放走賈維爾。

這個舉動對賈維爾的影響，正如主教贈送銀燭臺對尚萬強的影響。賈維爾和尚萬強後續還有幾次接觸，尚萬強甚至已經準備好在處理完必要事項後接受逮捕，可是賈維爾終究沒有這麼做。

他聽著AKUI簡要敘述《悲慘世界》的情節，腦子裡一團混亂。在他的預想中，這應該是他要做的事——向讀者們介紹《悲慘世界》，說明《漆成黑色》如何與《悲慘世界》對應，如何巧妙地致敬及扭轉《悲慘世界》的結局——為什麼會變成是AKUI在介紹《悲慘世界》，還一一指出《漆成黑色》的疏漏？

這部他視為經典的得意傑件真的那麼糟嗎？他把頭埋進手裡，抓著頭髮，思考接下來該怎麼做。直接關掉連線？不行，那太像自己因為輸不起而惱羞成怒，《漆成黑色》會被線上所有人視為垃圾，不知道會在網路上被講得多難聽；用別的身分去探探AKUI的底，看看這傢伙到底是什麼來歷？這事該做，但對現況沒有幫助。

「讀第一部時我相當驚豔，所以第二部起始談到隊長卡拉OK命案、我發現有多處不合理的時候，還以為最後該有個大轉折，沒想到故事在第二部就結束了。」

AKUI已經談完《悲慘世界》，回頭講《漆成黑色》，「令我訝異的是，那個線上課程的講義一直拿這本書當實例，沒提出任何一個我們剛討論到的問題，反而大肆吹捧……」

「我才沒有在課程裡大肆吹捧！」他抬頭反駁。

話一出口，他猛地覺得不對——自己剛說了什麼？

來不及了。討論區裡閃現AKUI的留言，「got u」。

「老師的確沒有大肆吹捧——抱歉剛剛話故意講得誇張了點兒；」AKUI輕嘆口氣，「我並沒有你就是講師的實質證據，但講義的舉例內容和老師剛才說的實在太像了，所以我才試了一下。我想，線上的讀者當中，應該也有不少是那個課程的學員吧？」

「對，我就是收到其他學員的通知才來的。」「通知裡還說『阿鬼老師表示講座有作家本人出席』，你們根本就同一個人嘛！」「明明是你寫的，課程裡為什麼不講？拿自己的作品示範又不會怎樣！」「原來你是利用課程在推銷自己的書啊！」

討論區快速出現成排留言，他呆呆看著，不知如何是好。

「我讀了《漆成黑色》之後，發現幾個很明顯的問題，原本並不打算邀你對談；但我的主編說這樣可以當面聽聽你的想法，也可以聽聽讀者的反應，我才答應。」一直沒說話的資深作家開口了，「剛才讓你多講一點，就是想看看我是不是讀漏了什麼，卻發現你根本沒有意識到作品的問題；我要謝謝這位發起討論的讀者，否則這場講座就無趣之至。還有，那個線上課程是怎麼回事？」

「這事我們稍後再提，」他不知道怎麼回答，AKUI倒是說了話，「假如《漆成黑色》真的安排了我想像的那個轉折，不但可以更漂亮、完整地向經典致敬，本身也會成為一個沒有問題的故事，一次就把我們剛講到的那些問題都修改過來。」

線上的其他參與者被AKUI的發言挑起了興致，一則則留言搶著擠進討論區。

「我覺得很難耶，」有人寫道，「就算本來有第三部好了，那要怎麼幫信仔翻案？事情過去十幾年了，證人不會再有作用，知道實情的阿榮已經被槍決了，慶老大出獄後不知道在哪裡，就算找得到他，他就是主謀，也不會說實話。」

「而且第二部的結尾看起來賊王就是在等著要抓信仔了，」另一個人寫道，「我看不出賊王守在機場有別的目的。」

「賊王守在機場的確是要抓信仔；信仔是通緝犯，回到國內，警察一定會逮捕他。重點是，逮捕信仔之後，賊王會做什麼？」等討論區的熱度稍降，AKUI開口，「我認為，信仔在中國放走賊王這件事，就像尚萬強放走賈維爾，會對賊王造成必要的影響。」

賊王從中國回到臺灣之後，翻來覆去地思考信仔放走自己的用意——賊王知道信仔是登記在案的流氓，一直認定他是殺警案的共同正犯，從未懷疑。信仔管訓的數次逃亡當中，有幾回是被賊王抓回來的，那時信仔都說了逃亡的理由，只是賊王總覺得那是信仔替自己的行為在找藉口；但仔細想想，信仔每回逃走都很容易被抓到，就是因為信仔每次躲藏一段時間後總會回家探望母親，信仔說的那些理由，包括工作地點太過危險，以及掛念母親的健康狀況，其實都是事實。

那麼，信仔說自己和殺警案無關，也是事實嗎？

賊王重新翻閱隊長卡拉OK案的相關卷宗，看出當時偵辦的問題。

彼時大多數證人沒提到阿榮開槍時信仔站在身旁，在幾次偵訊裡改過證詞的是隊長卡拉ＯＫ的總經理。

賊王找到總經理，經過幾次懇談，總經理承認當時他意識到警方已經把信仔當成主要嫌疑人，自己仍是假釋身分，所以就配合警方的暗示，改變證詞。當晚阿榮開槍的時候，身旁沒有別人。賊王問總經理，假如信仔的案子有機會再審，總經理是否願意作證？

總經理答應了。

只有證人還不夠。賊王詳細閱讀案件資料，發現當年警方遺漏了一個實證。

那把凶槍。

槍放在慶老大車上，慶老大和阿榮離開卡拉ＯＫ，到車上取槍，只有阿榮回到店裡開槍，慶老大在外頭車裡等著接應阿榮。所以那把槍是慶老大直接交給阿榮的，信仔在整個過程裡都沒碰過槍。

賊王申請重新檢驗凶槍，凶槍上果然找不到信仔的指紋。

這個發現顯示阿榮的證詞大部分都不可信——在三個版本的證詞中，有兩個版本提過信仔持槍——同時也顯示在這樁案件裡，完全沒有信仔涉案的實證。

這時賊王才明白信仔放走自己的用意。

在先前的幾次接觸中，信仔知道賊王是個奉行法律，實事求是的人，所以認為倘若賊王先放下對自己的成見、不抱偏頗印象地去檢查當年的案件紀錄，就會發現偵辦的疏失，也會發現信仔與案件當真無關。

賊王確定，如果信仔回臺，自己會設法讓案件重審，還給信仔一個公道。

「這麼一來，兩個角色在第二部最後相互理解的眼神就說得通了。」AKUI大致說了自己對第三部的構想，「當然，還有一些細節需要補充。例如信仔怎麼會知道賊王已經完成調查？或許可以讓賊王找到信仔當年的女友，信仔在中國獲得勢力之後，重新與女友取得聯繫，而且因為覺得當年不智的逃亡辜負了女友，還給予女友一些補償之類的；總之讓女友有管道聯絡到信仔，賊王就能把消息發出去。」

「但信仔還是在中國變成黑幫了，仍是個罪犯。」有人在討論區表示意見。

「剛我們說過，賊王對信仔如何變成福先生所做的種種調查，都只是傳聞；」

AKUI說，「小說裡第三人稱敘述的情節的確可以視為事實，也就是信仔真的做了壞事，但也可以視為作者為了不讓情節一直依靠對白推動而做的敘事調整，這樣的話，那些第三人稱情節，其實就是傳聞的內容——而黑幫分子之間的傳聞可能扭曲、誇大，無法視為事實。或者，也可以讓賊王在第三部審訊一個待過同一個黑幫的嫌犯，讓這名嫌犯說出信仔真的只是運氣好，又獲得更高層黑幫頭子的賞識，才有機會變成高層之一，淡化這部分疑慮。」

「那最後的結局就是信仔成功翻案嗎？」另一個人在討論區發問。

「不一定。成功翻案是一種做法，表示有問題的制度被找出問題之後，公平地對待了信仔；時代曾經讓信仔被『漆成黑色』，但時代改變之後，也讓他可以『洗去黑色』。」AKUI道，「另外至少還有兩種做法，一是賊王雖然理解了真相，但法庭並沒有做出不同的裁決，這樣的結局代表信仔一旦被『漆成黑色』之後就再也沒有洗刷的可能；或者作者要讓讀者認為信仔無論如何在中國都犯了罪，這部分無法忽視，我不確定一個人在中國犯法，臺灣的法律會如何處置，但在被『漆成黑色』之後，終究還是真的『變成黑色』。這幾種做法，都能夠符合『命運弄人』的主題。」

「可是，書都寫完出版了，」討論區浮現新留言，「我們討論第三部討論得再起勁，也於事無補呀。」

「寫續集嘛，」有人寫道，「作者就在這裡。」

「創作續集是個選項，不過，既然《漆成黑色》以電子書形式出版，那就有更直接的做法。」AKUI道，「作者可以寫第三部，合併原有內容做一個新版本，取代原來那個電子書檔案。新讀者買到的會是這個版本，先前購買的讀者也會收到更新通知，重新下載就能收到更新的檔案、讀到完整的內容。」

「這樣本來買的人不是平白拿到新內容？」討論區的問題對這做法不大肯定。

「但像我這樣本來買書的人讀到的故事根本不完整啊，」也有人抱持這樣的意見，「作者好歹要把故事寫完再賣給我吧！」

「每個讀者閱讀的感受不同，或許上線的朋友當中，也有人覺得《漆成黑色》已經寫得不錯，這沒有什麼不好，讀者與作品之間的互動是私密的，應該尊重。」AKUI

道，「另一方面，我認為作者必須對作品負責。老師當然認為《漆成黑色》是部完整成熟的作品，否則就不會出版；但我們剛才的討論談到一些問題，也聊到一些修改的做法，我不確定老師能否接受，接受的話又打算怎麼做——老師可以更新書籍檔案，可以寫續集，想出其他更好的修改方法，或者乾脆利用這次討論的經驗寫一本新書，身為讀者，我都沒有意見。」

「老師」二字讓他重新聚焦，發現AKUI在對他說話。

「我在網路上搜尋《漆成黑色》的書評時，發現有好幾個發表書評的暱稱並沒評論過其他書籍，書評寫法都很類似，有些句子幾乎一模一樣，不是把《漆成黑色》和《悲慘世界》並列，就是誇獎《漆成黑色》如何反應社會，我推測是同一個人寫的；老師在課程裡稱讚這本書的說法也是如此，所以我想那些書評應該都是老師寫的。」AKUI續道，「我認為閱讀該交給讀者，對這種帶風向的做法不大認同。當然，如果我猜錯了，請老師見諒。」

他本想駁斥AKUI沒有證據，但又洩了脾氣，「算你贏。」

「這次討論與輸贏無關，本來也只是私下通信就能結束的事。」

「私下通信？講座是你安排的吧？你是出版社的人？或者你是那個說要集資辦講座的學員？」他恨恨地道，「你根本是因為我不想和你通信討論，所以才設計我，公開找我麻煩！」

「講座是老師答應的，況且我提出的論點都根植於作品，並未涉及作者。」AKUI道，「不過，從作品看來，主題偏移而不自知、角色設定改動卻毫無因由等等問題十分明顯；故事是一個整體，每個元素的調動都可能影響故事，就像老師在課程裡給予學員的建議一樣，似乎解決了學員的問題，但放進故事裡卻不合適。」

批評完他的作品，現在輪到批評課程了是吧？「所以你就是用寫信給我那個帳號匯款買課程的？我退錢給你。」他道。

「我只寫過兩封想要討論的信，既不是你的學員，也知道阿鬼沒有開線上課程。」AKUI道，「你根本不是阿鬼。」

「什麼？」他瞪大眼睛。

他在一場由剛拿下文學獎的年輕作家、目前文壇中堅暢銷作者，以及資深作家聯合對談創作的線上講座裡，聽到「阿鬼」這個名號，發現該場講座中有好幾個創作者，在寫作時曾得到阿鬼不請自來的協助，但都不知道阿鬼的真實身分。他覺得免費幫人修改作品沒什麼道理，人家也不見得樂意接受；人都是這樣的，很多事想要不付錢就獲得，但付了錢才獲得的那些才會真正重視。

仔細聽聽那些人與阿鬼互動的過程，他認為阿鬼提供的協助沒什麼了不起，不就是注意創作的那些基本元素嗎？這有什麼難的？他自己也辦得到。咦？乾脆來開個線上課程吧，提供講義和有限的提問次數，還可以順便推廣《漆成黑色》，我都寫完這麼棒的小說了，教寫作是小事一樁；他靈機一動：反正沒人知道阿鬼是誰，我就用這名號開課吧！

「就我所知，阿鬼提供的，都是分析整個故事之後才做的修改建議，也會鼓勵作者依循原則想出不同解決方法，就像我們剛才的討論，而不是針對單一提問提供解答。」AKUI道，「而且，我也知道阿鬼從未向作者收取費用。」

「提供專業本來就該收費！」他抗議。

「這點我同意。但你的專業並未真正協助作者把故事寫好，是不是值得付費就有待商榷。再說，你還冒用了『阿鬼』的名號。」

「『阿鬼』兩個字沒有版權，也不是註冊商標！」

「你使用這個名號做課程廣告，難道不是因為你聽說阿鬼會協助處理創作問題、覺得用這名號可以招攬生意？」資深作家開了口，語氣嚴肅，「這和你利用課程推銷自己作品的手法類似，但無論是課程還是作品，你真正用來吸引讀者的，都是別人建立的信譽——這等於是詐欺。」

他張口結舌。

「《漆成黑色》是部很值得討論的作品，也值得作者把它修改得更完善。」AKUI道，「雖然這個阿鬼是假的，但作品帶給我們的思考和感受是真的。我已經占用太多時間了，應該發言權還給兩位和主持人了。」

「等等，我剛說『阿鬼不是註冊商標』，不代表我不是阿鬼；」他試圖最後一搏——方才AKUI先是用激將法騙他承認自己就是線上課程的講師，再是他一時洩氣承認那些書評也是自己寫的，他絕對不能再讓AKUI得逞，「你沒有證據說我是假的！」

「我當然知道你不是阿鬼。」AKUI聲音帶笑，「就像你這個假阿鬼知道《漆成黑色》是自己寫的一樣。」

「啊？」他還沒想清楚AKUI的意思，AKUI已經離線。

他愣愣地盯著螢幕，其他參與者似乎也不知該有什麼反應。

過了會兒，主持講座的主編打開麥克風，宣布講座結束，感謝參與者；他腦中一片空白，看著資深作家關了視窗、參與者頭像如退潮般散去、螢幕逐漸褪成漆黑，瞥見螢幕角落討論區底端，AKUI離線前留了一句話。

「不唸『阿庫伊』。用臺語。」

後記

故事的影響，以及為什麼有《ＦＩＸ２》

我沒想過會替《ＦＩＸ》寫續集。

替同一個或同一組主角寫系列故事，暫且不論預估銷量的商業考量或者服務讀者的體貼意圖，光就創作而言，至少就省去了設定角色的工夫，在某些系列作裡，角色們甚至會和創作者一起增加年紀、經歷人生不同階段，以及出現對人世觀察的不同角度。

但《ＦＩＸ》不是這樣的故事。

《ＦＩＸ》由七個短篇組成，每一篇裡都有不同的主角在創作小說，另有一個在前六篇都出現的角色「阿鬼」，不請自來地向每篇主角們提出修改建議；要到第七篇的最後，阿鬼的真實身分才會揭曉。

說起來《FIX》的真正主角是阿鬼，但阿鬼同時也是整本書的最終謎團——讀者們和這七篇裡創作小說的角色們一樣，都不知道阿鬼是誰；揭露阿鬼的身分，將《FIX》變成一本完整的「書」，而不單是將數個短篇收錄在一起的「短篇集」。

對我而言，阿鬼的任務至此告一段落。

《FIX》的裡層與冤案有關，而值得討論的冤案實例還有很多，身為一個小說創作者，我仍可以繼續把這些實案當成創作材料，只是創作的方式不會和《FIX》相同。

是故，春山出版總編輯莊瑞琳同我提及「寫續集」的想法時，我第一個反應是「那就不該再寫阿鬼了」，接著是「也不要用原來的架構了」。

《FIX》的架構最初是和友人冬陽閒聊時想到的，決定寫《FIX》時記起，發現稍做修改之後，很適合用來達成原初創作的目的——把冤錯判的案件視為「寫壞的推理小說」，創作者們代表認為判決沒有問題的一方，阿鬼代表正視蒐證、偵訊及審判過程中出現問題的另一方，兩方的互動就是在討論小說，減少實案的沉重，讓故事能夠輕快甚至幽默地進行，也讓讀者容易閱讀。

「拋開原有結構」提供了自由想像的空間，我構思過好幾種不同做法，有的加入了科幻或奇幻設定，包括時空穿越之類材料，有的挪用了從《六個尋找作者的劇中人》（*Six Characters in Search For An Author*）的骨幹，讓虛構角色們聚在一起相互解謎。

其中幾個做法我在不同時間向瑞琳大致提過，只是從她不置可否的表情可以明白她並未被我說動，倒是有回她很明確地同我說，「不繼續寫阿鬼，有點可惜。」會嗎？小說創作能玩能試的形式還有很多，我也有把握用上述幾個做法寫出有趣的故事，它們看起來不會是《FIX》的續集，但還是能夠利用故事討論冤案，沒理由非寫阿鬼不可。

瑞琳沒有堅持要我「一定要寫阿鬼」，不過我因此回頭重讀了《FIX》。《FIX》二〇一七年出版，二〇二二年時改由春山出版發行新版，我在新版裡增寫了一個短短的故事〈我自己的鬼〉，把七個短篇的主角湊在一起；七個主角都已經和阿鬼接觸過，談到的主要是「阿鬼協助修改作品」這事的意義，在小說裡這和面對創作的態度有關，在現實中這和面對冤案的態度有關。

接著我想起《FIX》出版後在不同場合看到或遇上的讀者回饋。有的讀者認為我不該把「冤案」和「廢死」結合在一起，但事實上我認為愈是支持死刑的人，就愈該正視冤錯判的問題；有的讀者認為我對臺灣的司法體系很有意見，但事實上我認為關注冤案的目的不在質疑整個體系，而在修補可能出現的漏洞。有的讀者就是把它當成小說來讀，也有的讀者告訴我，「今後看到報導說『罪證確鑿』的案子，我會多想一下」，還有讀者關心地問我，「你寫這個沒有被相關單位約談嗎？」

一本書會讓不同讀者有不同反應，各種案件會以不同方式對社會產生影響——即使不是當事人，可能也會在日常裡遇上這些影響，只是不見得知道——那麼，阿鬼的舉動，除了幫忙修改了「寫壞的推理小說」之外，還會在我的虛構世界裡觸發哪些事件？

最後完成的《FIX 2》，從這個疑問開始萌芽生長。

《FIX 2》同樣要感謝「臺灣冤獄平反協會」及「臺灣廢除死刑推動聯盟」提供的幫忙，協助資料整理、專有名詞及案件細節確認，以及與實案當事人溝通，沒有他們，我很難獨力完成這些故事。書中的〈週五夜救火隊〉稍微觸及廢死議題，希望我未來能夠更全面地透過小說討論這個題目。

感謝瑞琳，她是一切的核心。《FIX》因為她建議我寫鄭性澤案而開始，《FIX2》還沒正式討論前，她就建議過我寫王信福案，這案件後來成為書中最後一個故事〈漆成黑色〉的原型。而且，她讓我把阿鬼找了回來。

同時也感謝同意讓我改編人生重大事件的當事人。《FIX2》的基調輕鬆，但當事人們的經歷絕非如此。

與《FIX》相同，《FIX2》所有內容全是基於實案的小說創作，這表示創作時我沒能納入所有疑點，有些細節也再做了更動。倘若想要瞭解實案內容，應當另外查找實際資料，「臺灣冤獄平反協會」與「臺灣廢除死刑推動聯盟」在書末提供的列表整理，是很好的參考起點。

修訂完所有稿件、動筆寫這篇後記的幾天之後，憲法法庭預計召開「死刑是否違憲」的言詞辯論，書中〈湯伯小吃店〉和〈漆成黑色〉的原案當事人沈鴻霖及王信福，都名列聲請人當中。

當初選用「FIX」當書名，是因這個單字具有修理、補齊、校準，以及牢記的意思；憲法法庭的動作，其實也有相同的意義。現實當中的錯誤無法像小說裡那樣三言兩語地修正，但透過故事，或許能讓更多人關注存在於現實當中的問題。

包括讀到這裡的您。

附錄　案件列表

臺灣冤獄平反協會／臺灣廢除死刑推動聯盟製作

章節名稱	真實姓名	最終審判決案號（有罪）	定罪確定時間	出版前最新進展
每個人都知道	許倍銘	最高法院一〇二年度台上字第四〇七四號刑事判決	二〇一三年十月九日	有罪確定後，許倍銘提出三次再審聲請均未果，現由監察院向臺灣高等檢察署陳訴，希望由檢察系統發動調查與救濟。
站在我這邊	伍戚傳	最高法院七十八年度台上字第一三八七號刑事判決	一九八九年四月十四日	二〇二四年，監察院針對伍戚傳案提出調查報告，認為有罪判決確實有違證據法則，彈道分析有疑義，將請檢察系統研議調查與救濟。
週五夜救火隊	黃格格	最高法院一一二年度台上字第四六八九號刑事判決	二〇二四年一月二十五日	案件於二〇二二年經一審判放火罪成立，處無期徒刑。嗣經檢察官上訴二審撤銷改判成立殺人罪，處無期徒刑。全案於二〇二四年經最高法院維持成立殺人罪，處無期徒刑。
野馬	潘德宏、陳政豪	最高法院八十八年度台上字第二〇〇六號刑事判決	一九九九年四月二十二日	本案多次再審、非常上訴均未果，現向監察院陳訴，由監察院進行調查中。

無賴	古有祥	最高法院九十五年度台上字第四六三七號刑事判決	二〇一〇年九月二日	本案二次非常上訴未果，現向監察院陳訴，由監察院進行調查中。
湯伯小吃店	沈鴻霖	最高法院九十八年度台上字第三五〇七號刑事判決	二〇〇九年六月二十五日	案件於二〇〇九年遭判殺人罪成立，處死刑。憲法法庭於二〇二四年四月二十三日進行死刑是否違憲之言詞辯論，沈鴻霖為三十七位聲請人之一。
漆成黑色	王信福	最高法院一〇〇年度台上字第三九〇五號刑事判決	二〇一一年七月二十七日	二〇二四年監察院提出調查報告指出案件有冤，呼籲法務部研議非常上訴及再審。憲法法庭於二〇二四年四月二十三日進行死刑是否違憲之言詞辯論，王信福為三十七位聲請人之一，並為主案。

Literati

春山文藝 031

FIX 2：這個故事有問題

總編輯　莊瑞琳
作者　臥斧
行銷企畫　甘彩蓉
業務　尹子麟
封面設計　廖韡
內頁排版　張瑜卿
法律顧問　鵬耀法律事務所戴智權律師

出版　春山出版有限公司
地址　116臺北市文山區羅斯福路六段297號10樓
電話　(02) 2931-8171
傳真　(02) 8663-8233

總經銷　時報文化出版企業股份有限公司
地址　桃園市龜山區萬壽路二段351號
電話　(02) 23066842
製版　瑞豐電腦製版印刷股份有限公司

初版一刷　2024年5月
定價　400元
ISBN　978-626-7478-00-4（紙本）
978-626-7236-97-0（PDF）
978-626-7236-98-7（EPUB）

國家圖書館出版品預行編目（CIP）資料

FIX 2／臥斧著
--初版．--臺北市：春山出版有限公司，2024.05
--面；公分．--（春山文藝；31）
ISBN 978-626-7478-00-4（平裝）

863.57　　113004775

春山 出版

填寫本書線上回函

EMAIL SpringHillPublishing@gmail.com
FACEBOOK www.facebook.com/springhillpublishing/

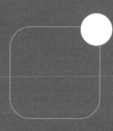

From Interest to Taste

以文藝入魂